TIEMPO DE MÉXICO

TIEMPO DE MÉXICO

Amante de lo ajeno

El día siguiente

Amante de lo ajeno

Sabina Berman

OCEANO

EDITOR: Rogelio Carvajal Dávila

AMANTE DE LO AJENO

© 1997, Sabina Berman

D. R. © EDITORIAL OCEANO DE MÉXICO, S.A. de C.V.
 Eugenio Sue 59, Colonia Chapultepec Polanco
 Miguel Hidalgo, Código Postal 11560, México, D.F.
 ☎ 282 0082   📠 282 1944

PRIMERA EDICIÓN

ISBN 970-651-099-0

Para Alejandro Reyes,
in memorian.

Para Raquel, desde la piel,
el primer idioma.

Para la doctora Raquel Berman,
varios idiomas después.

ÍNDICE

EL AMOR Y LA DESTRUCCIÓN

*Antes era tan simple: el cielo era el cielo,
la tierra era la tierra, lo bueno era el amor
y lo malo la violencia. Luego vino el deseo
de ir más allá, y todo se confundió.*

La breve nota ("Antes era tan simple...") fue escrita por Santiago, en su hermosa grafía de letras ovaladas, al dorso de la fotografía del grupo.

Años más tarde, la fotografía se encuentra en una mesa baja, reclinada contra un quinqué, a un lado de una hamaca acolchada, en la cabaña de Adriana, enclavada frente al mar de La Paz.

Las fotografías son cosas profundamente silenciosas, especialmente cuando fuera de ellas el ruido del mar viene y va, susurra, calla y revienta.

La fotografía del grupo: al centro el retrato enmarcado de Sigmund Freud, de tamaño natural; el prócer del psicoanálisis en traje gris, el cabello escaso blanco, los iris negrísimos esquinados en las comisuras de los ojos, el puro negro en la diestra. A la izquierda del retrato, Santiago barbón y descalzo, en camiseta y vaqueros, un cigarro entre los labios, un hilo de humo en el instante de fluir por su nariz. Tras Santiago, Felipe, la melena tan revuelta como su conciencia, los labios desprendidos, como siempre: en espera del beso o de la exclamación, sus manos en los hombros de Santiago. Sentada al lado de Santiago, una mano sobre la rodilla de él, Gabriela en minifalda, las largas piernas en medias negras, el fleco sobre los ojos. A la derecha de papá Freud, Ana, el cabello rojo al rape, apenas creciéndole luego de que se quedó calva la primera vez. Después Adriana de pie, menuda, con el pelo a la príncipe valiente, la sonrisa cínica de los escépticos.

Fuera de la fotografía, siete años más tarde, Adriana empaca una maleta para regresar a la ciudad de México y asistir al sepelio de Santiago o de Felipe.

Que sea incierto quién ha de ser enterrado, Santiago o Felipe, le parece a Adriana trágico y gracioso. Y le parece también inevitable: igualmente incierto fue el amor que ató a Santiago y a Felipe y llevó a uno o al otro a una muerte tan temprana.

᠊᠊

Empezó precisamente en el examen de admisión. A las nueve de la mañana los aplicantes fueron llegando al aula universitaria que se les había asignado, tomaron asiento en las bancas, Santiago eligió una banca de la parte central. A las nueve y quince tres profesores entraron con los fajos de las pruebas y los distribuyeron. A cada persona le tocaban dos fajos: el del examen de conocimientos, de quince páginas, y el examen psicológico, de diez.

Santiago respondía el examen de conocimientos con una sonrisa en los labios, de vez en vez se pasaba la mano por el cabello corto o por la mejilla suave, como en una caricia de autocomplacencia. Venía de la preparatoria del Mexico City School, una de las mejores escuelas del país, y las preguntas le parecían sencillas, las respuestas le llegaban de la memoria indudables. Se fue dando cuenta del muchacho que ocupaba la banca de atrás; podía sentir en el cuello la respiración del muchacho que sentado en el borde del asiento, la cabeza estirada casi sobre el hombro de Santiago, se la pasaba asomado a su examen. Copiaba todo, respuesta tras respuesta, la parte de matemáticas, la de literatura, la de historia, apenas y se distraía en vigilar dos otros asuntos, el ir y venir de los tres profesores por los pasillos y la escritura de las respuestas copiadas.

En cierto momento un profesor vino a pasearse junto a ellos y el otro muchacho tuvo que atender su examen exclusivamente. Santiago dio la vuelta a una página recién completada y pensó ésta se te escapó. Pero en cuanto el profesor se adelantó al frente del aula, el muchacho volvió a inclinar el torso para espiar las hojas de Santiago. Se había perdido de copiar dos hojas.

Santiago apuntó su nombre en la primera página del examen psicológico y pensó que por fin descansaría de aquel aliento enervante en su cuello. Después de todo, eran preguntas personales, del tipo: "Me gustan los caballos." "Cierto." "Falso." No me corresponde. Había que señalar una de las tres respuestas con una cruz. "Cuando vienen visitas a casa, como con mejores modales". "Cierto". "Falso". "No me corresponde". O: "Yo amo a mi padre". "Cierto". "Falso". "No me corresponde".

Pero el muchacho siguió respirando sobre el cuello de Santiago, a veces en su misma oreja; siguió copiando todo lo que Santiago respondía en su examen de personalidad.

Santiago fue el primero del aula en concluir sus exámenes e irlos a entregar. El otro esperó un minuto para hacer lo mismo. A la salida del aula se quedaron viendo a los ojos.

Santiago era rubio y alto, tenía una mano en la bolsa del pantalón holgado, había encendido un cigarro y lo sostenía entre los labios. El otro era menos alto y muy flaco, iba en una camiseta larga y desteñida y vaqueros viejos, la melena revuelta y castaña enmarcaba su rostro huesudo, y sus ojos verde jade estaban enrojecidos.

–Felipe —dijo el muchacho presentándose, sin sonreir.

Santiago meneó la cabeza, como si no creyera aquello. Copiar el resultado de ecuaciones matemáticas, lo entendía, pero copiar las réplicas a un cuestionario de personalidad, eso era bizarro.

–Regálame un cigarro —dijo Felipe, y se pasó la lengua entre los labios resecos.

Unos labios carnosos y partidos por la resequedad.

–Además de todo, quieres un cigarro —dijo Santiago, perplejo.

—Además —dijo el otro.

Sintiéndose absurdamente dócil, Santiago le ofreció de su cajetilla de cigarros y luego le acercó su encendedor. Fumaron caminando por el pasillo de mosaicos blancos, sin hablar, bajaron las escaleras y se encaminaron al portón de cristal; al salir al jardín cada cual se fue por otra parte.

Santiago siempre creyó que estudiaría en la Universidad Nacional. Cuestión de solidaridad con su generación. Estudiaría su licenciatura en donde la mayoría de sus coetáneos, ricos y pobres, para integrarse al destino de su generación. En la Universidad Nacional era donde sucedían las cosas. Ahí se había fraguado el movimiento estudiantil de 1968, el único movimiento social de la segunda mitad del siglo que había hecho temblar las estructuras del sistema. Aquello había terminado en una masacre bestial: una plaza bañada en sangre joven, de eso ya doce años, pero aun ahora si algo en el país iba a cambiar, volvería a cocinarse ahí.

Fue a visitar la facultad de psicología. Le asustó el deterioro. El edificio gris, sucio, las paredes de los pasillos pintarrajeadas con lemas políticos. En el laboratorio olía a marihuana. Contra las paredes habían jaulas, del techo al piso jaulas en las que se movían despacio ratas blancas, con ojitos rojos; ratas lentas, intoxicadas por el puro tufo de la hierba. Sentados sobre tres mesas, quince tipos de cabellos largos hablaban y fumaban mota. Santiago los saludó. Lo miraron despacio, con ojos rojos, exhalando humo. Santiago adivinó lo que ellos veían: un niño bien, en su suéter de cashmir azul marino y sus zapatos mocasines, el peinado corto de raya al lado. Un tipo le dijo hello burger boy, que Santiago supo traducir de inmediato a hola burguesito; los tipos se rieron despacio y volvieron a su conversación.

Había rótulos en las jaulas de las ratas, tarjetitas con nombres de experimentos: APLICACIÓN DE DETOSTERONA. APLICACIÓN DE CORTISONA. PROGRAMA DE REFORZAMIENTO 30-75. Pero en todas las jaulas las ratas se movían por igual aletargadamente. Pachecas. En una jaula una rata avanzaba por el techo, las patitas temblorosas aferrándose a los barrotes, la cabecita echada hacia atrás. Rata alrevesada, piradísima. No era necesario saber mucho para comprender que ninguno de los experimentos de ese laboratorio era válido, dada esa tarde de drogadicción involuntaria para las ratas. Santiago se quedó parado en un pasillo, frente a un graffiti rojo en una pared gris: FREUD ESTÁ MUERTO, VIVA SKINNER, y se sintió profundamente desanimado. Santiago tenía en la pared de su dormitorio un retrato enmarcado de Freud y en su librero estaban sus obras completas. Lo tenía bien calculado: cuatro años para la licenciatura en psicología, cuatro años para el doctorado en California, seis años para la especialización en psicoanálisis en Hampsthead, Inglaterra.

Freud en blanco y negro: una rodilla cruzada sobre la otra, la diestra con el puro descansando en la rodilla, el cabello escaso blanco, y los ojitos negrísimos, como dos gotas de tinta, esquinados en las comisuras. Ojitos esquinados como los de la Mona Lisa de Da Vinci, que parecen seguir a quien los ve, aunque se mueva de sitio.

El retrato estaba sobre el escritorio del dormitorio, en la única pared no tapizada de libros. Santiago caminó por el dormitorio dejándose escrutar por el Freud del retrato.

—Ni modo —dijo por fin.

Se dejó caer de espaldas en la cama. Ni modo, volvió a pensar, y se refería a sus intenciones sociales, que se posponían indefinidamente. No pensaba sacrificar el conocimiento de la psique universal en aras de agregar a la historia nacional su granito de arena, su pequeño cuerpo en mítines de muchedumbre.

Le esperaban pues varios años de averiguación en el breve y sosegado reino de lo psicológico; breve porque cabe entre las sienes; sosegado porque ocurre antes de los hechos, antes siquiera de la voz: en el mundo de los pensamientos y las imágenes interiores.

Breve y sosegado reino de lo psicológico: por supuesto en cuanto a los adjetivos Santiago estaba totalmente errado.

❧

Entre la graduación de preparatoria y el ingreso a la universidad particular de niños bien mediaban dos meses y medio. Santiago estuvo de vacaciones en Roma con su abuela. Acompañaba cada mañana a la anciana a la iglesia de San Pedro, la señora rezaba devotamente mientras él se paseaba entre las columnas del patio; por las tardes visitaba la ciudad. Cuando su madre le habló para avisarle que había sido admitido a la universidad privada, Santiago respondió sin entusiasmo que llegaría una semana o dos tarde. Quería pasarse a la isla de Míconos para tomar el sol en la playa.

Estaba bronceado y con el cabello rubio cuando entró al aula, una libreta bajo el brazo y un estuche de pluma y lapicero en la mano. En el aula hubo un murmullo y alguien silbó admirativamente, lo que llevó a la risa a los alumnos (curioso cómo debe uno escribir "alumnos" y no "alumnas", aunque eran veintitantas alumnas y tres alumnos).

Mientras Santiago caminaba al fondo del salón Gabriela apuntó en su cuaderno "Los privilegios de la belleza", y luego "Entablar amistad de inmediato".

Santiago tomó asiento en una de las bancas desocupadas del fondo. En la banca del lado estaba Felipe.

–Hola —murmuró Felipe.

Santiago:

–Increíble —torció el gesto y abrió su libreta, puso su atención en el profesor de psicopatología.

–Regálame un cigarro —murmuró Felipe.

Pero Santiago lo ignoró totalmente durante los siguientes seis meses.

Hay amores buenos como el pan, nutrientes, esperanzadores, y hay amores de hambre y de veneno. Hay amores que abren una ventana sobre el paraíso, de los que soportamos los tormentos por los éxtasis en los que derivan, y amores que nos entretienen con el éxtasis mientras secretamente nos arrastran al infierno.

Siete años después de haberse graduado de la carrera de psicología, estas meditaciones más líricas que científicas, regresan a Adriana a los tiempos en que se fraguaron los amores de sus mejores amigos y ella decidió no dejarse atrapar en ese mito, el del amor romántico de pareja, y reservar sus energías enteras para el otro mito prestigioso de su generación, el del conocimiento.

Luego de un día de clases y lecturas todavía se sentaba en la cafetería universitaria a indagar en la psique humana. Ella, Gabriela y Ana se sentaban con amigos o desconocidos y al cabo de un rato, como otros dicen ¿qué hay de nuevo?, Adriana solía decir cuéntame una historia.

Las llamaban las Tres Gracias de psicología, porque eran agraciadas físicamente y en apariencia llenas de gracia y simpatía, y ellas, entre sí, llamaban a su estarse metiendo en la intimidad de otros entrevistas clínicas informales.

Irredentas curiosas: psicólogas: amantes de lo ajeno.

Las tres en minifaldas mínimas, contoneando las caderas, cruzaban la cafetería distrayendo a los muchachos. Se servían un café en la barra del local, a veces algún pastel, iban a elegir una mesa ya ocupada para sentarse, una mesa donde alguna de las tres conociera de cerca o remotamente a alguien, o algunos desconocidos ilusos estuvieran mirándolas llegar con cara enamorada. En la cafetería universitaria una mesa vacía era algo extraordinario, era costumbre acomodarse en cualquier asiento disponible, así que su invasión del espacio ajeno parecía de lo más inocente.

Rápido entablaban una conversación amistosa. Para cortarla tarde o temprano con la dulce petición. Luego de elegir al más interesante interlocutor, Adriana se acodaba y con la palma en la mejilla decía:

—Cuéntame una historia.

—Una historia de tu vida, ¿sí?—: Gabriela.

Nueve de cada diez veces la persona aludida aceptaba y se lanzaba a contar una historia protagonizada nada menos que por ella misma. Las Tres Gracias tomaban café, comían pastel, escuchaban con ojos fascinados, era mejor que ir al cine. Hacían preguntas que animaban al hablador, intervenían para confesar alguna anécdota personal muy íntima, de alguna manera paralela al monólogo del entrevistado, que usualmente correspondía con un aumento de sinceridad y emotividad.

Emotividad. Una confesión sin emotividad tiene escaso valor terapéutico. Así que con ojos húmedos y suspiros lentos las Tres Gracias confesaban sus secretos más vergonzosos (o sus fantasías más autodenigrantes, si era preciso), con tal de arrastrar al entrevistado a un desconsuelo similar, y se sentían extremadamente profesionales cuando por fin lograban hacerlo tartamudear, sudar en frío o, lo mejor, llorar.

Es cierto que los entrevistados ni lo habían pedido ni lo sospechaban siquiera, pero ellas estaban ahí para psicoanalizarlos: para comprenderlos, para empatizar con ellos, para conducirlos al recuento de sus traumas y a la catarsis, y luego, ya en privado las tres juntas, diagnosticarlos y pronosticar sus destinos.

Lo único que pudo salvar a la gente de la cafetería universitaria de las Tres Gracias fueron los pacientes del manicomio, que empezaron a visitar a mediados de la carrera, y años más tarde sus pacientes de consultorio, a quienes su desvergonzada curiosidad causa honorarios.

Según la versión de Felipe, empezó más bien avanzado ya el segundo semestre de la carrera. Eran las siete de la noche cuando su clase de Estadística I terminó y Felipe fue a beber algo en la cafetería. Como siempre el lugar se encontraba atestado, un tintineo de cucharas contra tazas y un barullo de voces colmaban el aire, pagó su refresco y fue a buscar asiento. Vio a Santiago en la mesa de una esquina, con Ana, la mano de él repasando el largo cabello rojo de la joven.

Desde lejos miró a la pareja besarse en los labios. Luego Ana se levantó, tomó su portafolio y se dirigió a la salida. Felipe se atrevió a acercarse, el vaso de refresco temblándole en la mano.

—Hola —dijo, intentando un tono casual, y tomó asiento.

Santiago se le quedó mirando, sin responder.

Felipe se pasó la lengua por los labios partidos y sacudió hacia la derecha la cabeza, para despejarse de los ojos la melena engreñada.

Santiago meneó la cabeza, irritado.

—¿Qué te pasa, cuate?

Felipe se turbó.

—¿Me pasa de qué?

—Maestro, me copiaste el examen de admisión, pero... es decir: te hubieras fijado siquiera en qué copiabas. ¿Cómo pudiste copiarme también la carrera? ¿Qué chingados haces estudiando psicología?

Un poco más de seis meses había pospuesto Santiago la pregunta.

—Pendejo no soy —anunció Felipe; irguió el torso.

—¿Ah no?

—Apliqué para diseño gráfico. Por tu culpa no pude entrar. Me llamaron para decirme que mi perfil psicológico no tenía nada que ver con diseño. Les discutí, no creas. Pero me dijeron que por alguna razón extraña quería estudiar diseño, porque mi prueba de personalidad mostraba claramente que estaba inclinado a las humanidades. Les discutí todavía. Les dije que lo que a mí me gustaba era dibujar, pintar, eso. Y que al contrario de lo que ellos decían mi imaginación sí era visual. ¿Y adivina qué?

—¿Qué?

—La parte de trigonometría en el examen la había dejado en blanco. Por tu culpa.

Felipe le hizo recordar el momento en que el profesor se paseaba junto a ellos y a Felipe le fue imposible copiar la parte de trigonometría.

—Así que imposible defender aquello de que soy muy visual. Me dieron a escoger entre literatura, historia, filosofía o psicología. Ni siquiera para arquitectura funcionaba mi perfil. Tenía demasiados rasgos esquizoides y la madre.

—Perdóname —dijo Santiago con sorna.

—Como no sabía qué quería decir esquizoide, ahora ya sé pero entonces no, me asusté. Ya no alegué y escogí psicología. Los psicólogos ganan mejor.

Santiago volvió a decir, con sarcasmo:

—Perdóname.

—No hay cuidado —dijo Felipe. En serio. Estoy becado gracias a ti. Descontando trigonometría y un poco de historia, las hojas que no me dejaste ver, mi examen era casi perfecto. ¿También tú tienes beca?

Santiago se rascó la frente.

—No, no tengo beca —dijo quedo. Mi familia es una familia acomodada, no califico para una beca.

Encendió un cigarro.

—¿Acomodada, dónde o con quién?—: Felipe.

–Bien avenida —explicó Santiago de nuevo quedo.

–¿Bien bienvenida? No te oigo.

Santiago, alzando la voz:

–Holgada económicamente.

–Rica, cuánto pinche eufemismo. Los pobres sabemos que ustedes los ricos existen; nos hiere pero resistimos. Yo no terminé la prepa —dijo Felipe y bebió de su refresco. Tenía que copiarte el examen.

–¿No terminaste prepa?—: Santiago de verdad curioso.

Felipe explicó cómo había comprado los documentos que acreditaban su preparatoria.

–Falsificados, claro.

Santiago le preguntó por el examen de personalidad.

–Salimos normales —dijo Felipe con cierto orgullo. Bueno, medio normales y gruesamente esquizoides, ya te dije. Nuestro pronóstico es: uno, una vida adulta adaptada, siempre y cuando encontremos donde colocar creativamente nuestra loquera; dos, la esterilidad y el aislamiento; o tres, el suicidio.

Felipe se rio en la cara de un Santiago asombrado.

–Me aprendí de memoria el pronóstico —dijo Felipe. Es decir que resultamos genios o nos damos un balazo.

–No —dijo Santiago. No te pregunté eso.

Lo que deseaba saber era por qué también le había copiado el examen de personalidad. Felipe tardó en responder.

—Ve a tu alrededor —dijo por fin. Niños ricos, hijos de familia. Navidades con arbolito. Mamás y papás y dentista y comida diario. Ahora veme.

Santiago:

—¿Qué te veo? Estás limpio, tu chamarra está gastada pero limpia, ¿qué te veo?

—Veme.

—No te veo algo especial.

—¿No? ¿Y quieres ser psicólogo? Ve mis dientes del fondo.

Felipe abrió grande la boca y Santiago se sintió tonto pero ojeó el interior. En el maxilar inferior derecho, al fondo, faltaban tres dientes.

—¿Sabes lo que es tener diez años y dolor de dientes y nadie a quien le importe? Ni contestes, no sabes. Ni puedes imaginarlo.

—Sí puedo imaginarlo.

—No puedes. Puedes suponer, puedes inventar, pero saberlo no. Yo tampoco puedo imaginar lo que es ser un niño con arbolito de navidad y pediatra y dentista y maestro de natación y la madre. Un niño que nunca ha robado, como tú. Puta, para mí te juro que es increíble que jamás, ni un yo-yo, ni una cosita, increíble.

Santiago achicó los ojos. Iba a preguntar algo pero Felipe siguió.

—Mi personalidad no hubiera sido admitida en este antro de la decencia.

—¿Cómo sabes que nunca he robado?

—No puede ser. Esquizoide, y encima pendejo. Te copié el test psicológico, ¿te acuerdas? Llevo medio año atorado en esa sorpresa: este cuate nunca ha robado. Alucinante.

🔲

Santiago enfiló su caribe negro hacia Altavista. Felipe fumaba a su lado. Las farolas de la calle se iluminaron y Santiago encendió los faros.

—Trabajo en un bar —dijo Felipe. Quédate media hora y te tomas una copa.

—No puedo. Quedé de verme con Ana.

Santiago había aceptado darle un aventón pero no deseaba platicar más.

—Una copa —insistió Felipe.

No hablaron un buen rato.

—No, el pendejo eres tú —dijo por fin Santiago, le comunicaba el resultado de sus elucubraciones. Digo, vas a pasarte cuatro años estudiando algo que no te interesa.

—Sí me interesa.

—Claro que no. Te da lo mismo psicología o diseño o cultor de belleza, con tal que paguen bien.

—Quiero ser profesionista —Felipe apagó su cigarro en el cenicero; guardó las manos en las bolsas de la chaqueta. Quiero un título. Un diploma que colgar en mi despacho. Un diploma con mi fotografía.

—Ya —dijo Santiago. Con tu fotografía.

—De corbata.

—Bien.

—Y tú, ¿qué?

Santiago dijo que iba a ser psicoanalista.

Iba a estudiar el doctorado en Berkeley, en California, y la especialización de psicoanálisis en Hampsthead, Inglaterra.

—Muy bien —aprobó Felipe. Excelente.

Y luego de pensarlo:

—Tienes toda tu vida planeada, te felicito. Además, ya pareces. Digo, psicoanalista.

—¿En qué parezco?

—No sudas. Felipe lo dijo sin un trazo de mordacidad. Te he estado observando y no sudas.

—Sí sudo, buey.

—A ver —dijo Felipe—, suda. Tienes dos minutos.

Se quedó observando el perfil de Santiago. Y al cabo de dos minutos de silencio Felipe se reacomodó en el asiento.

—No te preocupes —dijo. Yo te voy a enseñar a sudar.

Era una casona de piedra, con ventanas pintadas de azul oscuro. El interior, a media luz. Mesas y sillas rojas. Sólo meseros se movían de un lado a otro, poniendo manteles y floreros con pequeñas flores blancas. Felipe salió del baño de caballeros vestido en un traje negro, el dueño se lo prestaba para que diera buena imagen al bar, aunque seguía con la camiseta gris y las botas polvosas y marchitas metidas en las perneras. Se acomodó frente al piano de media cola. Santiago lo miraba desde una mesa; según las indicaciones de Felipe le habían servido un "veneno", un ajenjo.

Felipe recorrió el teclado de un extremo a otro. Frotó una mano contra la otra. Volvió el rostro hacia Santiago y empezó a tocar a Chopin.

Entre la delicadeza y la violencia: Felipe tocaba con una suavidad que se deslizaba por momentos a lo no audible y de golpe aporreaba el teclado en acordes tremendos. Y no dejaba de mirar a Santiago con un ojo. El otro lo cubría su greña caoba.

Santiago se sentía inquieto. Impresionado. Confundido. Qué forma de destrozar a Chopin para rearmarlo tan caprichosamente. Chopin en los dedos de Felipe era jazz y luego tormentoso Wagner y luego rock y a veces, por momentos, Chopin.

Y la atención del otro lo enervaba, su ojo verde tristísimo fijo en él.

Como si le dedicara la pieza, como si le hablara con la música, como si Santiago fuera una señorita y Felipe el poeta que la seducía.

Santiago bebió el vaso de ajenjo y le sirvieron otro más.

Llegó una pareja a sentarse en una mesa distante. Ensimismado, encorvado sobre el teclado, Felipe tocaba otro nocturno, quedo, inmensamente tierno, muy sutil. Santiago pidió otro veneno.

Era un jueves y sólo unas cuantas mesas en el bar se ocuparon. Para el tercer ajenjo, Santiago sintió que algo se le derretía en la conciencia. Algo, una membrana, textualmente, se le derretía, y era capaz de sentir la música del piano dentro de sí. No fuera, brotando del instrumento, sino dentro de su cuerpo. Escalas de notas despeñándose, ascendiendo, arremolinándose, tocándolo dispersamente, aquí, allá, trepando al centro para ocupar el lugar de los pensamientos.

–Estaciónate —dijo Felipe; luego del cuarto ajenjo estaban en el caribe negro viajando por una avenida dentro del parque.

Santiago apeó el auto.

–Ven —dijo Felipe y bajó.

Caminaron entre los arbustos negros. Santiago se movía en eses, se reía sin causa por lo bajo, ebrio. Siguieron entre árboles más altos. Lejos, entre los troncos, brillaba el espejo negro del lago.

En un claro, el pasto era plateado, como la luna grande del cielo. Felipe se tendió de espaldas y Santiago hizo lo mismo. El pasto estaba mojado.

Ruido de grillos.

Luego de no hablar unos minutos:

–¿Qué pasa si nos asaltan? —murmuró Santiago.

Felipe no contestó. Cruzó los tobillos.

Luego de un rato Santiago volvió a hablar:

–Tengo miedo.

–Es maravilloso —dijo Felipe—, tener miedo.

Santiago pensó que tenía miedo de los posibles asaltantes pero sobre todo de que Felipe lo asaltara sexualmente, que lo desvirgara: era virgen en asuntos homoeróticos y así pensaba morirse. Le partiría la cara, previó. Cómo no, lo dejaría sangrando bajo la luna. De pronto se hartó del temor e hizo lo que solía hacer cuando quería escapar de algún lugar: se fue mentalmente a otro.

A Sigmund Freud no le gustaba la música, se acordó. Desde su infancia, para Freud la música había sido una intromisión desordenadora de lo mental. Solía pelear con sus hermanas para que dejaran de tocar el piano y así él pudiera estudiar en su habitación, y su madre, que lo prefería entre los hijos, terminaba siempre por acallarlas mientras el niño Sigi se dedicaba a las altas labores intelectuales. Freud nunca pudo pensar si en algún cuarto vecino sonaba música, recordó Santiago, y sintió cómo de golpe de los ojos se le derramaban las lágrimas.

Desde que fue niño no lloraba. Trató de controlar el acceso, pero Felipe le tomó la mano con la mano, y el contacto repentino, dulce y tan inesperado, perturbó su contención y empezó a sollozar.

—Sí —susurró Felipe—, es grandioso tener miedo. Todo se vuelve grande y majestuoso. Es como cuando estás en la cima de un monte, con la tierra enorme a tus pies y el silencio tan recio que parece empezar a ser música. Santiago —dijo despacio—, salta.

Apretó la mano de Santiago y Santiago se dejó ir. El pecho le subía y le bajaba y de pronto todo su cuerpo estaba llorando, gimiendo, desconsolado.

EL AMOR A LA DESTRUCCIÓN

Eros. El impulso hacia la vida y la evolución, el deseo de crecimiento, de unión.
Tanatos. El impulso hacia la muerte, la nostalgia de la muerte, el deseo de destruir.

Durante los primeros veinte años de su estudio de la psique humana, Freud consideró una sola energía en los funcionamientos psicológicos, la libido, la energía erótica.

El ser humano busca el placer y huye del displacer.

Cuando en 1911 el tema de otro instinto, un instinto destructivo (Tanatos) apareció por primera vez en la literatura psicoanalítica, Freud lo rechazó. La mención fue hecha en un trabajo de la brillante psicoanalista rusa Sabina Spielrein, presentado en una de las reuniones de los miércoles por la noche que el grupo pionero sostenía en casa del mismo Freud, en Viena. Un año más tarde Sabina Spielrein le envío un nuevo artículo, *La destrucción como causa de la evolución*. Freud volvió a negar la validez de la teorización de la Spielrein.

Pero la idea de un instinto agresivo rival del instinto erótico inquietó a Freud profundamente. Por una parte siempre había contemplado la mente como el campo de batalla de impulsos contrarios; según sus observaciones el conflicto parecía ser la condición humana. Pero por otra parte, algo en él se resistía tenazmente a admitir como innata una pulsión destructiva.

Era (y es) una idea pesimista: algo básico en nosotros, algo esencial, quiere el desastre. Una idea que debió sonar blasfema en el contexto de un mundo que a principios del siglo XX ponía su fe entusiasta en la ciencia moderna y los milagros de la tecnología. Ciencia y tecnología borrarían el mal del planeta, era la prédica entonces. El bienestar absoluto no solamente era el ideal de la civilización, era una meta próxima.

Diabólica. Así llamó alguna vez Freud a la idea de Tanatos. Y en su autobiografía escribió que posiblemente en su primer repudio al concepto hubiera una dimensión personal; se trataría entonces de una más de sus maniobras para protegerse de su propia agresividad.

En todo caso, el mundo cambió en 1914, cuando la primera guerra mundial estalló. La ciencia y la tecnología mostraron su carácter amoral: gracias a su desarrollo reciente la guerra resultó una carnicería inimaginable hasta entonces.

En su primer libro de la posguerra, *Más allá del principio del placer*, es que Freud reformula su teoría para incluir a Tanatos como una pulsión innata. Es el espantoso despliegue de bestialidad humana el que por fin lo convence, pero también, y no en menor medida, los problemas internos de la teoría psicoanalítica. ¿Cómo explicar el patrón autodestructivo de ciertos pacientes? ¿Cómo explicar la muy humana compulsión a repetir episodios penosos? ¿De dónde esa resistencia universal al cambio? ¿De dónde la tendencia a regresar a estados anteriores de evolución?

De golpe Freud estaba en la otra orilla, escribiendo en el estilo de la poesía maldita más recalcitrante: la meta de la vida es la muerte.

En sus libros posteriores Freud fue refinando su teoría dualista, afirmando la igualdad entre los dos impulsos. Eros y Tanatos luchan entre sí constantemente, uno buscando llenar de vida la vida, el otro destruyendo, buscando regresar a estadios inferiores, ultimadamente intentando regresar al polvo.

Se lucha una vida entera, escribe Freud no sin ironía, pero desde un principio y sin remedio el triunfo final es de Tanatos.

Por aquellos meses, Santiago releía a Freud, buscando los párrafos sobre Eros y Tanatos. Las menciones del impulso destructivo no son frecuentes, pero a partir de su formulación en *Más allá del principio del placer*, se encuentra supuesto en toda la teoría freudiana.

Una idea verdaderamente atroz. Cada organismo padece una nostalgia de no ser. Y de tal masoquismo innato cada organismo puede escapar sólo momentáneamente, volcando su agresión en la destrucción de otros.

Hubiera sido bueno que Santiago leyera los textos freudianos con un desapego científico, pero su interés no era abstracto. En la medida en que le importaba averiguar de dónde venía su atracción por Felipe, le importaba saber si Tanatos era un impulso elemental, biológicamente enraizado, o un impulso derivado de Eros, una distorsión de la fuerza amorosa.

Porque desde su punto de vista, Felipe era la destrucción. Felipe era la oportunidad para el florecimiento de la violencia en él. La ocasión para destruir, destruirse. Para alrevesar lo ya decidido. Enmarañar lo antes claro. La oportunidad para la confusión.

La pregunta era entonces si Felipe le revelaba algo esencial de sí mismo o era una influencia que le agregaba algo pernicioso.

Pasaban las tardes luego de clases juntos, iban a comer juntos, Santiago lo acompañaba al bar dos noches por lo menos cada semana. Y en cada ocasión Felipe lo introducía a un veneno.

Ajenjo, marihuana, pastillas aletargantes o euforizantes. Ideas disolventes de la fe en el orden natural. Noticias de formas ilícitas de resolver el mundo.

Y lejos de hartarse del mareo que le ofrecía, del desorden al que lo invitaba, de la oscuridad donde solían desembocar, cuando Felipe no estaba cerca Santiago lo añoraba.

Releyó a Freud y leyó a los psicoanalistas detractores de la formulación dualista. Y aunque los autores que insistían en un mundo fundado únicamente en Eros le daban sosiego, al final prefirió la teoría de Freud, no por más verdadera (hubiera necesitado una vida de experimentación para poder saberla verdadera o falsa), ni siquiera por más verosímil, sino por puro amor a lo trágico.

Con un aire romántico se dejaba ir a los encuentros con el mal, es decir con Felipe. Con una nostalgia de no ser le pasaba el brazo por los hombros y olía su olor salvaje.

Había tal vez mucho de excesivo en esa manera de apreciar aquella amistad adolescente, y también demasiada vanidad. Porque si en su esquema Felipe era la personificación de Tanatos, entonces se seguía que Eros era nada menos que él mismo. Santiago el erótico: el constructor, el evolutivo, el honesto, el amoroso.

Por eso, porque temía la burla de su amigo, pasaron años antes de que le confiara a Felipe el valor mítico que le atribuía a su relación. Cuando por fin lo hizo le sorprendió la réplica. Felipe se entusiasmó con la repartición de atributos, se sintió halagado de ser considerado el mal, el transgresor en estado puro, el salvaje, y consideró totalmente justo que Santiago fuera Eros.

—Buenísimo —dijo. Ahora hay que jurarlo. ¿Conoces los pactos de sangre?

—Estás tomándome el pelo.

—Para nada —dijo Felipe.

Se picaron uno a otro el pulgar con un alfiler y se chuparon uno a otro el pulgar. Entre la solemnidad y la ironía juraron hacer honor a los motes.

Al final cada cual cumplió la promesa, por desgracia no premeditadamente.

Una noche saliendo del bar, fue a dejar a Felipe al edificio donde vivía en la azotea, en uno de los cuartos para criadas.

—Quédate conmigo —dijo Felipe durante el trayecto; venía con la cabeza hundida entre los hombros.

—Tengo que llegar a mi casa.

—Duermes conmigo. Te hago música.

Santiago le había regalado un piano eléctrico: un teclado que conectado a dos bocinas sonaba sorpresivamente bien.

—Te acuestas y yo toco, en volumen bajo, a Satie. Y te vas durmiendo.

—No quiero.

—Te vas durmiendo y yo sigo tocando, suave, manejando tu sueño desde el teclado...

—No.

—¿Por qué no?

—¿Por qué sí, carajo?

Santiago frenó bruscamente ante una luz roja mientras pensaba basta de que quiera volverme joto este cabrón. Lo aprecio, me interesa, me inquieta, pero sería el colmo que me tocara a Satie para dormirme, o que me tocara nada. No pasará, pensó. A mi cuerpo no pasará. Me toca y lo asesino. Se le apretaron las ingles al imaginarlo: sus manos alrededor del cuello de Felipe, el forcejeo de ambos, sus manos apretando el cuello, el chasquido con que el cuello se rompía. Resopló, se rascó una sien.

Serían las tres de la mañana y no había un alma a la vista, un ruido, sólo el ronroneo del caribe negro. Felipe se rio, con esa risita infantil, aguda, con que se burlaba.

—¿Qué? —preguntó Santiago.

—Nada. Que llevábamos tres minutos frente a un alto y no hay nadie más que nosotros.

—La ley dice que uno debe detenerse frente a una luz roja.

Felipe volvió a reirse.

—Uuuh: la ley dice —se burló; luego apretó más los hombros.

La luz verde se encendió y Santiago metía el clutch cuando de pronto Felipe bajó del auto, cogió de la banqueta dos piedras. Llamó a Santiago, que bajó sin entender. Felipe le dio una piedra.

—Ora —dijo Felipe.

Y de inmediato golpeó el parabrisas de un auto estacionado. Golpeó tres, cinco veces, el cristal se quebró, se despedazó hacia dentro del vehículo, Santiago miraba.

De pronto Santiago estaba rompiendo la ventanilla del auto.

Robaron el radio del auto. Felipe se lo quedó para venderlo y Santiago se quedó con la pura excitación del hurto.

❡

Y porque era amigo de Santiago, Felipe se hizo amigo de las Tres Gracias. Fue él quien les regaló los primeros cigarros de marihuana. Estaban en la sala de la casa de Gabriela. Sus padres se habían ido de viaje y ella había organizado una pequeña fiesta.

Una sala de piso de mármol negro, tapetes persas, ventanales de cinco metros de altura, vinos rojos y blancos en la mesita baja de cristal.

Santiago con el brazo rodeando el hombro de Ana, en un sofá. Gabriela y Adriana en otro sofá. Homero y Humberto, que cortejaban desesperadamente a Gabriela y a Adriana, en otro sofá. Felipe en el sillón de cuero, limpiando la hierba en una hoja de papel, sobre su regazo.

Ana dijo que ella ya había dejado la droga.

—La fumé mucho en Tijuana. Ya no me interesa.

Nadie le creyó.

Ana insistió:

—Me hace sentir hambre. Y estoy a dieta. Así que yo no.

Se lo creyeron, lo de la importancia de su dieta. Desde hacía semanas Ana llevaba a la cafetería su recipiente de plástico lleno de zanahorias ralladas. Era todavía regordeta, aunque su rostro moreno, de ojos achinados, era especialmente amable y su cabellera pelirroja era un lujo para la vista.

—Prefiero mi dieta a fumar mota. Prefiero mi dieta a un momento de placer fácil. Prefiero.

—Ya entendimos —la interrumpió Gabriela.

Felipe empezó a forjar los cigarros. Dijo:

—Es afrodisiaca, esta hierba. Nada más aviso. Te pone como loquito.

Adriana preguntó:

–¿Cómo como loquito?

–Te prende como foco —dijo Felipe. Te pone incontrolable. Nada más aviso.

Al fondo del silencio que se abrió, una voz inquieta:

–Prefiero mi dieta—: Ana.

Gabriela trajo un pastel de nuez y chocolate y otro de queso y zarzamora y Ana ni siquiera los miró. El cigarro fue turnándose ceremoniosamente.

Veinte minutos después: conversación en tempo de adagio sobre los cubos y las pirámides. Gabriela hincada en el centro de los sofás narrando cómo es un cubo, tiene seis caras maravillosas y aristas, déjenme ver cuántas aristas, una, cinco, ocho artistas, parece un conjunto de patinadoras artísticas, ocho dije, y giran en el hielo, uf, maravillosas. Santiago llevándose las manos a la boca y murmurando genial, genial, genial, las estoy viendo, veo lo que ves Gabita, es totalmente irracional pero es, y como dices: es uf. Y Adriana absorta en el milagro morado de una zarzamora.

Veinte minutos después: música de Queen, Gabriela en un rincón con Santiago, hablando y riendo, acomodándose uno al otro los flecos sobre la frente, queriéndose tanto, confesándose su amistad incondicional, Felipe con el torso desnudo bailando, Ana observando la fiesta, mirando una y otra vez el cigarro restante de mota colocado en la mesita baja y luego mirando los

pasteles con odio, Homero encendiendo otro cigarro, Ana diciendo me estoy drogando de sólo
respirar el humo, de veras que qué desconside-
rados, y después diciendo muchas otras cosas
hasta decir compermiso e irse indignada entre
las carcajadas de los otros.

Santiago diciendo carajo, ¿Ana dónde vas?,
Ana por favor, Ana qué terca eres Anita, ¿hace
cuánto se fue Ana?

Veinte o treinta o equis minutos después de
que el tiempo torció su linealidad en caprichosas
espirales: Gabriela bajando por la escalera de
mármol, encontrando en el estudio a Adriana in-
mersa en un juego de ajedrez contra Homero,
preguntando si tienen un condón, para Alberto.

—Humberto —la corrige Adriana. Se llama Humberto.

—¿Quién?

—Con quien vas a perder tu virginidad.

—Fíjate. ¿Y tienes?

Risas estratosféricas. Homero acaricián-
dole a Adriana las mejillas y ella quitándose sus
manos de la cara.

—Ana debe tener.

—¿Y tú no eres Ana?

Más risas estratosféricas.

—No, soy Adriana.

—¿Quién va ganando? —Gabriela señalan-
do el ajedrez.

Homero:

—La sublimación.

Gabriela yendo a buscar a Ana y a Santiago,

que deben estar en algún dormitorio haciendo el amor, y en cambio encontrando, en la penumbra del dormitorio matrimonial, a Santiago sin camisa y sin Ana, bailando con Felipe, también sin camisa.

Los dos en vaqueros, los torsos desnudos, abrazados por las cinturas. Los labios pegados entre sí. Las manos de Felipe metidas en las bolsas de atrás de Santiago. En la penumbra. Bailando.

Cuando Adriana localiza por fin a Ana, es en la cocina, hincada frente al refrigerador abierto, la cabeza dentro del refrigerador, dormida. La cabeza dormida sobre los restos del pastel de nuez y chocolate, la boca sucia de nuez y chocolate, se ha comido unos veinte centímetros cuadrados de nuez y chocolate. Adriana piensa despertarla pero Gabriela llega y le dice que no la despierte.

Le cuenta de Felipe y Santiago.

—¿Besándose? —: Adriana. No, no la despiertes.

Buscan en la bolsa de Ana y encuentran por fin un condón.

—Voy con Alberto —dice Gabriela.

Adriana vuelve al estudio y Homero le lanza un beso, ella se sienta frente al ajedrez y ya no entiende. ¿Por qué el rey no puede moverse más de una casilla a la vez, deslizarse por todo el planeta de cuadros negros y blancos como la reina? ¿Por qué el alfil no es la torre? ¿Por qué hay un tablero de casillas limitadas y tantas reglas ridículas? ¿O no es ridícula una regla que puede infringirse? ¿Cuántas reglas hay que tomamos como leyes naturales y son ridículas?, se pregunta Adriana mirando el ajedrez y luego a Homero. Y finalmente se hace la pregunta que más le importa: ¿Por qué, para contener las ansias sexuales de un tipo que no le gusta, está jugando ajedrez, que no le gusta?

Adelanta el caballo: recorre en oblicuo ocho casillas negras hasta toparse con la reina de Homero y de un leve empujón la vota del tablero. Cuando Homero extrañado se agacha a recoger la pieza murmurando espérate así no se juega, Adriana da delicadamente el jaque mate al tablero: lo toma por dos esquinas y lo voltea.

꙰

—Sí, todo se volteó esa noche —lo dice Gabriela meses después, y suspira melancólica. Especialmente Santiago.

꙰

Atravesar esa distancia, ese miedo, de sus labios a los labios del otro. Atreverse a tocar con esa piel sensitiva esos labios. Sentir la electricidad del encuentro y apartarse un paso. Y luego no soportar la distancia: el miedo: volver a cruzarlo.

Otra vez besarlo, dejar en sus labios los labios, sentir un derrumbe por dentro, una caída y un ascenso. Apartarse con los ojos cerrados y ver bajo los párpados sus manos estrangulando al otro. Acercarse nuevamente, colocar las manos en el cuello (qué frágil columna de carne tibia) y besar por tercera vez.

Y luego, en la oscuridad de la alcoba, perder la cuenta, moviéndose despacio con la música distante: seguir besando a Tanatos en los labios.

Una cinta de imágenes resbalando detrás de sus párpados cerrados: Marilyn Monroe besando a Montand, Dolores del Río besada por Pedro Armendáriz, su padre y su madre abrazados bailando, John Lennon y Yoko Ono desnudos tomados de la mano; imágenes del amor romántico y heterosexual apareciendo y en cada beso esfumándose. Cuadros de celuloide velándose, desapareciendo en lo negro.

Besos catastróficos.

Besos como de nieve: de tan calientes, helados: hirientes.

Sus manos en las bolsas del pantalón de Tanatos, sus rodillas entre sus rodillas y los tenis moviéndose despacio entre los tenis del otro, los torsos sudados pecho contra pecho.

Besar la violencia.

Lo salvaje.

Besar la disolución de sí mismo.

Apretar contra sí a Tanatos, para quebrarlo contra sí. Sentir la erección, de él, la suya. Aflojar. Suavizar. Sentir lo sutil otra vez: la herida de un beso en el cuello, de otro beso en el hombro. Sentir la melena del otro rozarle la mejilla, el olor del otro, agrio, dulce.

Las manos de Santiago subiendo tentativas por la espalda hacia el cuello y luego bajando otra vez a las bolsas del vaquero de Felipe y apretándolo con fuerza hacia sí.

Felipe sollozó. De un tirón se zafó de Santiago y se dejó caer de rodillas frente a él, le abrió la bragueta, sacó su sexo duro, lo metió entre sus labios.

Hincado tenía que ser, explicó Felipe algún día. Como se reza ante Dios.

Y Santiago tomó entre las manos su cabeza y la acariciaba, la apretaba por momentos como queriéndola tronar, y luego otra vez la acariciaba. Hasta que la tensión del placer hizo que ya no pudiera y los ojos se le llenaron de lágrimas.

❧

Fue una época terrible y decisiva para Ana. Se distanció de las otras "gracias", que de pronto encontró demasiado ácidas, y se hizo amiga íntima de la madre de Santiago. Incluso viajaron juntas a Tijuana y la presentó con sus padres. Santiago se negó a ir con ellas, alegó que debía cuidar a su abuela, que estaba de regreso del Vaticano.

Doña Elvira quedó encantada con sus futuros consuegros. El padre de Ana era hotelero de renombre, aunque sus negocios mayormente lucrativos eran netamente gangsteriles, contrabando en la frontera con Norteamérica y prostitución, pero la madre era una mujer absolutamente decente, ama de casa impecable y muy devota católica. Así se hacen las buenas familias, con dinero y buenas costumbres: doña Elvira no era una mujer maliciosa pero tampoco ingenua.

A su regreso le insistió a Santiago en que debía formalizar su relación con Ana. Era inevitable: semanas después se dio el rompimiento del noviazgo.

La madre de Santiago llamó a medianoche a la pensión donde Ana se hospedaba y cuando ella respondió le pidió que le pasara a su hijo.

—No los hubiera importunado si no fuera una emergencia —dijo la madre. La abuela de Santiago se siente mal y quiere que él vaya a platicar con ella. Ya ves qué cercanos son los dos.

Santiago no estaba ahí. Nunca se había quedado a dormir con Ana.

—No puede ser. Hace tiempo que se queda a dormir contigo.

—Ahorita se lo encuentro, señora.

Ana se vistió y tomó un taxi. Tocó el timbre del edificio destartalado. Felipe había instalado un timbre que sonaba en su cuartito de azotea.

Ana vio la cabeza que se asomaba desde la azotea.

—Felipe —gritó.

—Espérame —gritó Felipe.

Le abrió la puerta. Felipe estaba desnudo, a no ser por las botas desastradas y el impermeable que llevaba sobre los hombros, a manera de capa. Ana se fijó en su sexo un instante, alzó la vista para encontrar los ojos verdes de Felipe y trató de comportarse con dignidad.

—Dile a Santiago que su abuela se está muriendo.

—No me tardo.

–No, un momento. Está mal nada más.

–Entonces no lo despierto. ¿Otro recado?

–Cabrón —lloró Ana. Cabrón.

Felipe se enfureció. La jaló dentro del vestíbulo oscuro, la colocó en una esquina. Y le habló despacio y quedo.

Qué protestaba ella. Qué derecho tenía a protestar. Qué superioridad tenía para juzgar nada. Qué le ofrecía a Santiago. Nada. Un matrimonio bueno y responsable, niños, vacaciones en el mar, trabajo cinco días a la semana, viajes a Tijuana para visitar a la mafia narcotraficante. Una vida decente, repleta de pagos y cobros y fotografías polaroid. Felipe no iba a soltar jamás a su amigo. Hace diez minutos le chupaba los hombros. Le lamía el abdomen. Las nalgas. No lo iba a soltar.

Para Ana fue terrible y decisivo. Se le cayó el pelo del terror, no precisamente allí en la oscuridad frente a Felipe, pero sí durante los días siguientes: su almohada amanecía con una mancha de cabellos rojizos. Siete días después iba a la universidad con una mascada cubriéndole la cabeza calva.

Desde ahí puede trazarse el paulatino viraje de la personalidad de Ana. Su intelecto curioso, pero proclive a la angustia, se obturó en un nivel superficial y con el tiempo se encogió y ya no toleraba más que una sola idea a la vez. Cambió de orientación profesional. Ahora abogaba por las terapias del yo, las que se ocupan sólo de problemas prácticos y se alían con la voluntad del paciente para lograr metas concretas, bien definidas y aceptables socialmente, y detestaba el psicoanálisis y sus tenebrosas y ambiguas profundidades.

Un día en clase de Psicopatología III, el maestro interpretó el sueño de un paciente. En cierto momento dijo:

—La alberca es el vientre materno.

—Mago —susurró Ana, suficientemente alto para ser escuchada por todos. Mago —dijo más alto. Bola de locos —dijo alzándose de su pupitre indignada. Anormales de mierda —dijo arreglándose su verde mascada de seda sobre la cabeza calva, y salió del aula azotando la puerta.

Por el pasillo de prisa y hablando en voz alta para sí, entre alumnos de otros cursos:

—Un vientre materno es una alberca y un puro es un pene y las ballenas tetas y el dinero excremento y los orines champaña.

Obscena por los pasillos universitarios, como una loca.

—¡Que se saque entonces el pene de la boca Freud! —gritó. Ésa es la bronca del psicoanálisis, que Freud fumaba pene. ¡Psicoanalistas ninfómanos: enciérrenlos!

Se dio de baja de todas las materias freudianas. Para graduarse en el área de psicología clínica debía sin embargo asistir a prácticas en el manicomio, y asistió, un mes; después sucedió el famoso incidente con el loco que se hacía chiquito con el color rojo y Ana ya no lo toleró, se cambió al área de psicología educativa y entró a una terapia cuya meta principal, asentada en un contrato, era tener éxito en la vida. Se enamoró del cura jesuita que era su terapeuta, el cura renunció a sus votos y se casaron y tuvieron hijos y consultorios contiguos en la parte alta de su casa.

El pelo le volvió a salir, mucho antes. Cinco meses después de su encuentro con Felipe desnudo, llegó a la universidad luciendo un bonito peinado al rape.

Eros y Tanatos. Amor y destrucción.

La pregunta para Santiago seguía siendo si tenía opción a elegir solamente a Eros, el reino de lo constructivo. Si podía desprenderse del impulso de destruir que la relación con Felipe le había descubierto. O si podía transformar ese impulso en Eros, regresar esa energía a un amor como era el amor antes, sencillo, sin fricción.

La confusión le crecía cuando consideraba el ansia que sentía al pensar en Felipe cuando estaba ausente, un ansia hecha de la mezcla de la necesidad de encontrarlo y el miedo de encontrarlo. Y el placer, la simple alegría cuando por fin lo veía llegar, le parecía lo más desconcertante.

El miedo y la necesidad: el ansia, y el alivio luminoso del placer.

Eso, y lo aceptaba con desconsuelo, eso era amar.

Amaba a Felipe. A Tanatos. Eros fundido con Tanatos.

Al acariciar el pecho plano y moreno de Felipe, al inclinarse a besar su sobaco, el pelambre suave y tupido de su sobaco, sabía que dentro de su imaginación besaba la violencia que estaba desbaratándole el mundo.

Al tenderse sobre la espalda de Felipe, al introducir su sexo poco a poco en el ano del otro, los ojos se le humedecían por el placer y la angustia: los gemidos de Felipe bajo su cuerpo le sonaban al llanto de los goznes en las junturas de algo a punto de derrumbarse.

Y luego del orgasmo, cuando los cuerpos caían de un lado y otro, y los sonidos del sexo dejaban paso al rumor de la ciudad, Santiago se preguntaba si su dicha venía del acto de amor o de la destrucción de su identidad.

Se armaban y desarmaban los antiguos límites de su identidad. Cada día más tímidamente se rearmaban, erosionados, y cada día con menos estrépito sucumbían.

Poco a poco cayó en la cuenta: amaba a Tanatos porque el destrozo lo conducía a la revelación. Era así: al beber, al fumar marihuana, al destruir su cordura, encontraba una pura bienaventuranza sensual que trascendía por mucho los placeres mesurados de lo racional; al romper su identidad como varón, encontraba la delicia de ser un cuerpo puramente, indefinidamente sexual; al tomar sedantes hasta destruir su voluntad, encontraba el mero pulsar de su corazón, de sus venas, y bajo sus párpados esa luz verdosa del éxtasis.

No era pues la droga o los sedantes o la

desviación de la normalidad sexual lo que lo llevaba a esos estados de felicidad; pero la droga y
los sedantes y la transgresión de lo aprendido
abrían los caminos de acceso.

Tomaba tres desyreles (o valemadrines,
como los llamaba Felipe) uno tras otro y se tendía desnudo en el piso de mosaicos del cuarto de
Felipe. Se le anestesiaba el cuerpo, se le atoraba
el pensamiento, la mente se le vaciaba, y entonces el éxtasis, esa luz que venía con la sensación
de perfecta bienaventuranza, era absolutamente
puro: abstracto.

Se estaba ahí la tarde entera tendido, desnudo, latiendo: floreciendo como un vegetal dichoso, floreciendo de un momento de luz a otro
momento, enormemente vacío.

—No me necesitas para esto —murmuró
alguna tarde Felipe, acuclillado en un rincón del
cuartito de azotea.

Santiago no lo escuchó. Acostado en los
mosaicos, respirando apenas, los brazos en cruz,
en el pausadísimo orgasmo de morirse.

—Te gusta matarte —dijo Felipe.

Se alzó para salir del cuartito pero volvió a
acuclillarse para vigilar la respiración de su amigo.

—No te voy a dejar suicidarte, aunque eso
quieres.

Matarse. Encontrarse más allá de lo cono-
cido.

Santiago por entonces pensaba en matarse sólo metafóricamente. Pensaba en matar al Santiago de hoy para dejar nacer a otro, más amplio.

Transgredirse, así lo pensaba. Encontrarse desconocido.

Santiago llamaba a eso, a "encontrarse desconocido", o "encontrar lo desconocido", revelación.

Amante de lo desconocido. Amante de lo ajeno. Tanatos derrumbando límites para dejar libre el acceso de Eros a territorios vírgenes.

Nada como el éxtasis, el estar fuera de sí.

El problema era la resaca, luego de una ebriedad bendita. La taquicardia al día siguiente, luego de una tarde de pasarse tumbado en el piso de mosaicos profundamente sedado. La confusión, después de haber roto su idea de lo que es un ser humano del género masculino.

Clase de Test Psicológicos, estaba copiando del pizarrón unas notas. No alcanzaba a ver. Se pasó a un asiento del frente. No pudo ver. Dijo que el maestro debería usar otro gis, el que usaba no pintaba bien. Los otros alumnos se rieron. Se veía bien. Estás ciego, Santiago, dijo alguien.

Empezó a usar lentes de aumento para su miopía, unos lentes ligeros, de arillo dorado. Por esa época le salieron las primeras canas y el cabello rubio se le oscureció. Se dejó la barba. Usaba botas y vaqueros ceñidos. Era una nueva edad, revuelta, desaliñada. Su madre, que lo había estado evitando desde el incidente con Ana, terminó por enfrentarlo. Lo insultó. Lo llamó perverso, degenerado, porquería. Lo maldijo. Una escena terrible, la madre gritando y el hijo resistiendo el embate en silencio. Renegó de haberlo traído al mundo. Le dijo que Felipe ni siquiera le era fiel. Hacía comercio sexual en el bar, lo había investigado. Santiago habló entonces. ¿Cómo, con quién se prostituía Felipe? Pero su madre sonrió por fin satisfecha, y lo corrió de la casa.

—Pero lo que es mío me lo llevo —dijo Santiago de nuevo sereno, estaban al pie de la escalera de la sala.

Miró a su alrededor, la estancia repleta de cosas: mesitas altas y bajas, tapetes persas, cuadros al óleo enmarcados en dorado, estatuillas de bronce, el piano de cola, lámparas, un gato deslizándose de un sofá a otro. Volvió a mirar a su madre. Bajó el rostro. Nada de aquello era suyo.

Se llevó sus libros, su ropa y el retrato de Freud con los ojitos omniscientes y se fue a vivir con su abuela, que lo adoraba, como tantas otras gentes. Y de esas otras gentes que lo adoraban, se llevó a vivir con su abuela a Adriana, que hasta entonces vivía en una pensión de señoritas, y luego a Felipe.

En el manicomio se abrían las puertas al jardín a las doce del día. Primero salían los estudiantes de psicología clínica, en sus batas blancas. Habían recién llegado al edificio, lo cruzaban y salían al jardín. Luego salían los enfermos en sus uniformes caquis. Luego de los enfermos los psiquiatras y enfermeras, de nuevo en batas blancas.

Psicólogos, enfermos y psiquiatras, se esparcían por el bonito y verde jardín. Luego salían los borregos, de color caqui, y se iban por el verde jardín entre los blancos psiquiatras y psicólogos y los caquis pacientes.

Cortaban el pasto, los borregos. Por qué una máquina cortadora de césped no hubiera sido más práctica, y por qué los borregos debían salir al jardín precisamente a la hora de sol de los pacientes: eso nunca se supo.

LA DESTRUCCION DEL AMOR:
LA LOCURA

Adriana, Santiago y Gabriela pasaban en el manicomio más horas de las que el deber les exigía. Felipe prefería quedarse en casa de la abuela tocando su piano eléctrico, para locos me basto yo, decía. Tocaba el piano, tomaba el sol junto a la alberca y nadaba media hora cada mediodía, acompañaba a la abuelita mientras cocinaba, le aprendía recetas, la acompañaba de compras, la hacía reir cuando se robaba algo, un par de calcetines, una sombrilla, un sostén de mujer.

Felipe se aficionaba a los deleites de lo superficial, la buena comida, las vajillas de porcelana, las sábanas con encaje de bolillo, las bocinas de estéreo con veinte ajustes, los cortes de pelo de peinador francés, mientras Santiago y las Dos Gracias, que habían nacido entre tales cuidados, se aficionaban a las producciones claroscuras de la psicosis: los delirios, las alucinaciones.

El manicomio. La casa de los sueños desbordados. La cárcel para los que han aniquilado a todos los otros sin arma letal ni sangre; sencillamente se han ido a otra realidad: han realizado el holocausto de los otros con una decisión de ignorar el código común de los seres socializados.

Los dementes. Creaturas presas de lo subjetivo.

Santiago y las Dos Gracias entrevistaban dementes del mediodía en adelante. Más bien, los escuchaban atentamente. Cada día se acercaban a uno de ellos en el jardín. El jardín del manicomio para ellos era un planetario, cada persona de color caqui un planeta distinto por explorar.

Los animaban a hablar, a los dementes. Apuntaban lo que decían. Lo discutían entre sí luego. Diagnosticaban y pronosticaban por escrito, pero únicamente para cumplir los requisitos escolares. En verdad les bastaba con escuchar.

–Me fastidia toda la faramalla de rotularlos —dijo Gabriela. Me fastidia la supuesta superioridad que da el título de psicólogo. Y prefiero llamarlos locos y no enfermos. ¿Enfermos de qué? De ser distintos a nosotros. De haber renunciado a ser como otros. Ya quisiera yo la creatividad de cualquier demente.

–Cuidado —recomendó Santiago. Existe una clasificación psicopatológica porque existen síndromes psicóticos. La psicopatología no inventa, sistematiza.

Pero a Gabriela no le interesaba una discusión del método científico, le interesaba la locura.

–Me dan envidia.

Adriana:

—No exageres.

—Por mi madre, envidio a los locos.

—Pero no quisieras su dolor.

—El de los choques eléctricos por supuesto no.

—El dolor de no poder valerse por sí mismos. El sufrimiento de ser asaltado por los fantasmas de las alucinaciones.

—No creo que sea peor que sufrir porque no sabes quién eres. Vivimos con ese agujero en el centro, ese no saber para qué ni hacia dónde.

—Piensa en la inseguridad de esta pobre gente —dijo Santiago. Piensa en su angustia.

Gabriela sonrió.

—¿Quién no tiene angustia? Es como preguntar quién no está vivo. Estás vivo, tienes angustia. Los locos se dejan vencer por la angustia, sueltan los asideros de la realidad socialmente definida. Los neuróticos nunca soltamos los asideros. Toda la energía se nos va en eso: en no soltar los asideros. Nuestro yo gasta toda nuestra libido en forzarnos a ser como todos. La nuestra es la neurosis de la normalidad.

Después de esa conversación Gabriela se volvió muy triste. Intentó aprender a dibujar y se dio cuenta de su torpeza. Entró a un taller de literatura y no pudo terminar un solo cuento. Como si no tuviera nada que contar: luego de dos o tres lugares comunes, sus escritos terminaban en blanco: el papel en blanco como un espejo de su alma.

Escribió un poema con el método dadaísta. Cortó palabras sueltas de un periódico, las metió en una taza, se fumó un chubi y fue sacando las palabras al azar, pegando una tras otra en un cuaderno. Leyó el poema, lo releyó de atrás hacia adelante, se acordó de un loco que le había narrado el ascenso de un borrego alado desde el jardín del manicomio al cielo de nubes rosas, entre columnas de luz dorada y columnas de luz violeta, entre trompetas triunfales, y tituló con pluma su poema, su triste poema sin una sola imagen brillante: "Pobreza interior".

Santiago y ella hablaron mucho de los límites del yo. Fue entonces que Santiago le confesó su adicción a los suicidios parciales.

Los suicidios parciales para salirse del mundo.

Éxtasis. Ex: fuera. Tasis: estar. Estar fuera.

Disuelves al pequeño yo y te dejas ir como un náufrago, bajo los relámpagos de miedo, a la deriva de las ruinas del yo (imágenes grotescas, ideas enormes y delirantes, sonidos y colores sin sentido) hasta salir fuera.

Hasta salir a esa luz, en esa pura dicha de ser sólo Ser.

El Ser: esa luz de bienaventuranza.

Gabriela probó un suicidio parcial. Tomó tres valemadrines y se tendió desnuda en el cuartito de azotea, bajo la mirada vigilante de Santiago. Pero se quedó dormida.

Treinta y seis horas después despertó y lo primero que dijo fue que los valemadrines no le habían hecho efecto.

Se aficionó con mejor suerte a la marihuana, y fumaba sobre todo en el manicomio, para vibrar con menos defensas a los locos, o como ella decía: con menos yo.

Aquella época fue pues la de la preocupación por el yo; el enfado, la lucha contra el yo, ese agente de sensatez, buenas costumbres e ideas fijas. Y desde luego fue también la época de la demencia.

Platicaban en la casa de la abuela, en la sala o en el dormitorio de Santiago, sobrios o intoxicados de hierba santa, como llamaban a la marihuana, serios o risueños, y a cada rato quitándose uno al otro los flecos de los ojos.

Releyeron *La náusea* de Sartre y se rieron del tormento del protagonista. El protagonista de Sartre se da cuenta que el basamento del mundo es el ser y el ser es sinónimo de la nada, y siente náusea.

Qué repugnante estupidez que todo esté fundado en Nada.

Se reían a carcajadas porque el protagonista era un solitario que bebía alcohol seguido y no sabía hacer el amor más que muy precaria y genitalmente, no podía entenderse de otra manera su desdén hacia el sexo, y entonces era solamente natural que al sentir su ser lo percibiera envuelto en náusea.

–Lo que siente es la cruda. Y a través de la cruda al Ser—: Santiago.

Santiago en cambio era amoroso y sensible, pronto al temblor de la emoción. Había dejado el alcohol por las hierbas intoxicantes y los sedantes químicos por las cápsulas de datura, con pura Natura se intoxicaba. Santiago había aprendido el arte de hacer el amor de Felipe, un profesional de la sensualidad, y cuando llegaba a la Nada, al Ser, el fundamento del mundo, lo encontraba luminoso y dulce.

Qué deliciosa estupidez que Nada sea el sustento en que Todo se edifica. Qué elegancia del azar que así lo permite.

Tumbado en el piso del cuartito de azotea, sedado hasta el vacío de voluntad, instalado en la Nada: desde ahí Santiago admiraba la simpleza de una realidad flotando sobre un mar de luz.

Nada: luz: bienaventuranza: el Ser: el éxtasis.

Su tormento en todo caso existía al regresar. Al revivir con su yo minúsculo y torpe. ¿Para qué regresar?

Como un hombre que al levantarse del sueño de ser el continente americano se va reduciendo hasta ser su dedo gordo del pie izquierdo: al levantarse del piso donde durante horas había sido el Ser, Santiago se sentía encoger hasta volverse este individuo medio inteligente y medio tonto, constreñido en su cuerpo medio hábil y demasiado denso, este individuo llamado Santiago, diminuto en lo enorme de la vida. Entonces,

¿por qué levantarse de la muerte de su yo?

—¿Y qué del sexo? —dijo Gabriela una tarde.

—¿Cómo que qué? Hemos hablado del sexo hasta el cansancio.

—Hablado —dijo Gabriela.

Y sonrió de una manera extraña.

—No hay actividad más placentera que el sexo —dijo Gabriela—, según Freud. Es la oportunidad de los seres civilizados para probar un poquito de éxtasis.

—Es cierto que lo dice —dijo Santiago, inseguro. Pero existe también la detención de la voluntad. Pero bueno, eso dice Freud, eso dice del sexo.

—¿Y entonces qué? —dijo Gabriela tocándole a Santiago la oreja con el índice, dibujándosela. ¿Lo hacemos?

Santiago, la voz casi ahogada:

—¿El amor? —tragó saliva.

Estaban en el dormitorio, sentados a un lado de la cama en el tapete color turquesa, bajo la mirada penetrante del retrato de papá Freud. Gabriela le reacomodó el fleco otra vez, lo fue empujando suavemente con el torso para acostarlo.

Le besó los labios, ella a él. El cuello.

Lo besó más. En la oreja. Otra vez bajó por el cuello. Metió una mano bajo su suéter y luego por la abertura entre dos botones de su camisa. Suspiró al sentir su piel. La otra mano se coló por la cintura de su pantalón, buscó su sexo. Estaba pequeño.

—Mi pequeño yo —murmuró Santiago. Mi pequeño yo esquizoide.

Ella, en su oído:

—Piensa que soy un cuate.

Santiago, apartándose molesto:

—No me jodas. No es eso. Para nada es eso. Yo no soy homosexual.

—Perdón, es que duermes con un hombre.

—Eso no tiene que ver.

—Ay Santiago, ¿te estás oyendo?

—Decir que alguien es homosexual es una exageración. O decir que es heterosexual. No soy ni uno ni otro.

—Ah vaya.

—Soy sexual y basta.

—Con ciertas preferencias.

Eso lo hirió. La idea de que algo, una preferencia, lo limitara.

—Yo soy el que soy —dijo.

—Como Dios.

—Exacto. Así de amplio. Y entre mis infinitas posibilidades a veces me gusta un hombre o me gusta una mujer o me gusta el agua. Si soy feliz braceando en el agua, ¿qué soy? ¿Un hidrosexual?

—Entonces olvídalo, es que no te gusto. Vete a nadar.

—Tampoco es eso.

Santiago se sentó en el borde de la cama. La observó. Las piernas largas en los vaqueros entallados, en la camiseta notables los pezones erguidos, los ojos amistosos, tan queridos, y supo que no era para nada eso.

—No sé qué es.

Santiago bajó a sentarse al lado de Gabriela y le besó la oreja.

Reanudaron el intento. Intercambiaban frases y besos y dejaban correr sus manos por los cuerpos. No tenían objeciones conscientes para coger, así concluyeron luego de analizarlo honestamente: se gustaban, por fuera y por dentro, lo que sucedía es que pensaban en exceso, la libido, la energía erótica, se les iba al aparato psíquico en lugar de magnetizarles las pieles y los genitales.

—Entonces cállate —dijo ella.

—También tú—: él.

Decidieron desnudarse uno al otro, y descubrieron que entre ellos existía un ejército de botones y hebillas y agujetas.

Desabrocharon, desabrocharon, Santiago tuvo que ponerse los lentes para abrirle sin jaloneos los vaqueros de bragueta de botones de latón, desataron, desabrocharon. Se tendieron en la sobrecama color turquesa. Se besaron, se besaron, como si siguieran desabrochando, Gabriela rememoró palabra por palabra el párrafo donde Wilhelm Reich recomienda el orgasmo como cura universal a la neurosis, lo recitó palabra por palabra como quien reza una plegaria, siguieron besándose, Santiago empezó a enumerar mentalmente sus objeciones a la teoría de Reich pero se forzó a concentrarse en besar aún, besar, besar, atardecía y el cuarto se tiñó de naranja y poco a poco de violeta.

Todo en vano, se quedaron dormidos, amorosos pero castos.

Estaban dormidos, así, sobre el sobrecama color turquesa, cuando llegó Felipe del bar y se desnudó en la oscuridad para acostarse frente a Gabriela, así.

Le besó un pezón y luego el otro y Gabriela soñó con dos lagos verdeazules.

Felipe le acercó las piernas a las piernas y ella soñó a su hermano primogénito emergiendo de uno de los lagos, alto y esbelto y moreno. Felipe deslizó su mano entre sus muslos, la movió adelante, atrás, adelante, ella oyó por encima de la cabeza de su hermano una voz grave del tamaño del cielo, una voz que en sueños supo la de Dios padre: no cogerás con varón de tu familia.

La amistad la habían confundido con la hermandad, y la hermandad traía consigo el tabú del incesto: sin formularlo en palabras y aún medio dormida Gabriela lo comprendió.

Cuando despertaron Santiago y Gabriela lo hicieron entre sonrisas y gemidos porque estaban lográndolo por fin, por fin transponían las fronteras de esa amistad platónica: la erección de Santiago entró desde atrás en la vagina abierta y húmeda y ella lo besaba en los labios, admirada de la ubicuidad de su amante, que la penetraba por detrás y sin embargo la besaba apasionadamente por el frente.

Gritó, Gabriela, y se apretó al pecho de

Felipe, a quien recién reconocía, Felipe alargó el cuello para encontrar sobre el hombro de ella la boca abierta de Santiago, que gemía como un desesperado.

La abuela había vuelto del bar con Felipe, ciertas noches las pasaba escuchándolo tocar especialmente para ella Debussy, ahora en la cocina le preparaba una cena de medianoche. Las ventanas de la cocina daban al cubo hueco al que daban también las ventanas del dormitorio de su nieto, y los pujidos del dormitorio, los gritos, los gemidos, resonaban en el cubo y en la cocina amplificados.

Adriana entró en pijama a la cocina y se fijó en el ruidero de sollozos y en doña Guadalupe, toda vestida de negro, con sus gafas gruesas y cuadradas, rebanando atentamente un jitomate.

—Ay —suspiró doña Guadalupe, al sentirla—, estos muchachos.

Adriana se sentó a la mesa redonda de la esquina de la cocina, encendió un cigarro. Daría la vida por hacerle un test psicológico a la abuela. A los ochenta años la señora había alcanzado la serena sabiduría o la plena senilidad.

Gabriela, Santiago y Felipe bajaron en batas de toalla a la alberca. Sentado en el borde del agua luminosa, las piernas cruzadas, Santiago los miraba nadar, bracear, ponerse en pie con el agua hasta el cuello para echarse buches de agua, las melenas goteándoles sobre los ojos, lanzarse otra vez al entusiasmo del braceo, y una punzada de nostalgia prematura le hirió el corazón. Daría cualquier cosa para detener ahí, en ese instante de amor, la vida.

🖎

Se la aplicó, la prueba psicológica, Adriana a la abuela. Un Roschard íntegro. Lo calificó. Encontró, para su sorpresa, a la señora lúcida. Tuvo el placer de comunicárselo.

—Doña Guadalupe, está usted muy bien, muy integrada, muy coherente.

—Ay qué linda eres —dijo doña Guadalupe.

Le adelantó el plato con cuernitos rellenos de nuez. Tomaban un café en la mesa redonda de la cocina.

—Usted sabe qué pasa en su casa.

—Pues si yo no, ¿quién?

—Pero tengo la duda de si usted termina por comprenderlo, con todas sus implicaciones.

—¿Va a ser otro examen? —preguntó doña Lupe, inquieta. Porque tengo unos pendientes.

—No se preocupe. Nada más dos preguntitas.

Adriana le pidió permiso para fumar.

—Por ejemplo, doña Guadalupe, yo me pregunto si usted comprende que su nieto tiene dos amantes.

—Es que desde niño era muy simpático. Y lo guapo ya es de familia.

—Y que uno de ellos es hombre.

—Pues sí.

—¿Qué le parece eso?

Doña Guadalupe mordió un cuernito.

Adriana:

—¿Qué le parece, doña Guadalupe?

—En la variedad está el sabor, decía mi mamá, cuando me enseñaba a cocinar.

Definitivamente, pensó Adriana, es senilidad: esquizofrenia senil. Seguramente se había equivocado al calificar el Roschard.

—¿Pero qué siente usted por Felipe?

—Me hace reir mucho este Felipe. Y es que se educó con monjas. Y yo soy mucho como una monja. Por desgracia. Digo, desde que murió mi marido.

Adriana le pidió permiso para fumar. Doña Lupe le recordó que ya estaba fumando, había dejado el cigarro encendido en el cenicero.

—¿Por qué te pones tan nerviosa, Adriana? Son cosas de muchachos. Ya se les pasará.

—Doña Lupe, ¿usted sabe lo que quiere decir sociópata?

—¿Socíó...? No.

—Es alguien que no respeta las normas sociales.

—Ah mira.

—Felipe es un sociópata, doña Lupe. Un sociópata extremo.

—Mira Adrianita, hace cincuenta años una jovencita que fumara como tú lo haces, en público, se hubiera considerado una perdida, ¿me entiendes? En ochenta años he visto cambiar tantas veces las normas sociales que francamente quién las va a tomar en serio.

Adriana asintió despacio, desconcertada.

–Yo no fui a la universidad como tú, Adria-nita, pero a tu edad ya había visto demasiadas cosas. Señores decentes que mataban cristianos sin tocarse el corazón y pobrecitos desarrapados que cuidaban moribundos que ni conocían. Y al revés, vi a gente humilde ser muy cruel y a gente acomodada ser decente. Al final lo cierto es bien poco, bien poco. Y no tiene nada que ver con la sociedad. Pero si lo prendiste fúmatelo, Adrianita.

Adriana se llevó a los labios el cigarro, por obedecer.

–Lo importante —siguió doña Lupe— es que estos muchachos son muy religiosos. Todo lo que hacen es por conocer a Dios. Llamarán a Dios con nombres raros, dizque científicos o filosóficos, pero igual su principal preocupación es encontrarlo. A mi edad, te das cuenta que nada más eso importa, querer conocer al Señor.

Adriana parpadeó.

–¿Me entiendes? —: doña Guadalupe.

–No —dijo Adriana. Alzó un índice admonitorio. Porque usted, doña Guadalupe, si fuera responsable, debería proteger a su nieto. Un sociópata no conoce límites, ésa es una definición bastante sencilla. Anda desafiando las prohibiciones a cada minuto. No sólo viola las leyes sociales, lo que tal vez no sea tan grave, como usted dice; también desafía las leyes de la realidad, ¿se da cuenta qué peligroso? Al final, claro, acaba encontrando los límites pero generalmente de una manera trágica. De una manera sangrienta.

Termina en una cárcel o en una tumba. Y lo terrible es que Felipe está arrastrando con él a Santiago. Yo le digo.

Doña Guadalupe, interrumpiéndola al tocarle la nariz con el índice:

—La envidia es un feo pecado, Adrianita. Cómete un cuerno, Adrianita.

❧

Santiago fue el que convenció a Ana de que los acompañara en la foto. En nombre de una amistad pasada y una futura amistad posible. Ana aceptó por la mirada tierna de Santiago, y luego se arrepintió toda la vida.

Colocaron el retrato de Freud con sumo respeto en la silla del centro. Le explicaron a la abuela varias veces cuál era el gatillo de la cámara de tripié. Se colocaron.

Fue la captura de un momento crucial. El grupo se dispersaría, nunca volvería a reunirse. Cada uno cambiaría drásticamente. Freud mismo no volvería a ser el papá Freud, el gurú indiscutible.

Incluso la foto cambiaría. Algo sutil, innombrable, se movería en la imagen, pero eso después de varios años.

❧

Una mañana Gabriela llegó al hospital psiquiátrico sin bata blanca. El psiquiatra en jefe la reprendió. Gabriela lo reprendió a él. No iba a ponerse ese uniforme de médico. No era médica y no quería engañar a nadie. No era superior a los locos y estaba harta de la arrogancia fría de los psiquiatras, de esa neurosis sádica que los psiquiatras creen su identidad profesional. Como citó profusamente a Lang y como el psiquiatra en jefe era profundamente ignorante, la dejó en paz.

–Pero la psiquiatría no es una neurosis —dijo antes de dar media vuelta y alejarse rápido por el pasillo blanco.

Ya muy noche, Gabriela se despidió del paciente con quien había pasado la tarde. Tomó su portafolio, bajó a la planta baja, se dirigió a la salida del hospital. Un enfermero la detuvo.

–¿A dónde crees que vas, güerita?

–Soy pasante de psicología. Y no me llame güerita.

–Regrésate a tu cuarto, güerita.

Fue el inicio de la pesadilla. Allí mismo en la recepción del hospital, Gabriela empezó a gritar que la querían joder por haberse rebelado. Dos enfermeros la arrastraron a un cuarto sin ventanas, buscaron su expediente y apuntaron paranoia. Lo extraordinario para cualquiera que lea esto y sepa un poco de manicomios y psiquiatras es de dónde salió ese expediente aquella noche. Golpeó la puerta de la celda con los puños, amenazó con levantar un acta judicial y encarcelar a los responsables, agregaron en el expediente omnipotencia y entraron a inyectarle valium. Se calmó, para evitar la inyección. Se arrinconó ovillándose. Lloró. Apuntaron depresión. Pidió hablar por teléfono, le preguntaron si creía que estaba

en una penitenciaría, respondió que sí, evidente-
mente, apuntaron en el expediente desubicación
espacial.

Por la madrugada la llevaron a otro cuarto,
con literas. Una paciente la reconoció, la llamó
doctora, ella gritó ¿ven ustedes?, soy psicóloga,
aunque no traiga bata blanca. Los enfermeros la
ataron con cinturones a la cama. Le dijeron al oído
duerme bien Susana.

Fue el psiquiatra del turno matutino el que
la entrevistó a las ocho de la mañana.

–Me dicen que no se cansa de gritar, Susana.

–No me llamo Susana.

Una oficina de mosaicos blancos, el sol des-
lumbrante en el cristal de la ventana y en los lentes
del psiquiatra.

–Dígame usted qué edad tiene.

–Veinte.

–Cómo se llaman sus papacitos.

–Enrique y Leila.

–Enrique y ¿qué?

–Leila. Es francesa mi mamá.

–Ah caray.

El psiquiatra todo el tiempo checando las
respuestas con el expediente. Todas estaban equi-
vocadas por supuesto. Gabriela ni siquiera se parecía al retrato de Susana, hasta en eso estaba mal.
Pero las caras se distorsionan con el tiempo, especialmente en un hospital psiquiátrico, y remotamente sí se parecía.

–Así que francesa. No es de Toluca su ma-
macita.

–Es parisina.

–Parisina —el hombre no pudo ocultar una sonrisa: la paciente le divertía.

–Usted es un imbécil profundo. Profundo.

–Está bien, parisina. Ahora por favor no se excite. ¿Qué día es hoy?

–No me acuerdo. Creo que martes.

–¿Martes dijo? ¿Dónde cree usted que está? ¿Tiene alguna idea de dónde está? ¿Por qué no contesta, Susana?

Gabriela saltó de la silla, salió corriendo, por el pasillo la persiguieron los enfermeros, bajó las escaleras a zancadas para llegar a la planta baja, a una enfermera que le cerró el paso la apartó con un manazo portentoso.

La inyectaron, nunca se supo qué. El mundo cambió. Gabriela flotaba por un pasillo como un globo, dos enfermeros impedían que se fuera hasta el techo, uno deteniéndole un mechón de cabello y el otro el dedo gordo de un pie. La bajaron a una cama de cuero. Con correas de cuero le amarraron los tobillos y las muñecas. Fueron colocando en su cuerpo las puntas de cables, uniéndolas a su piel con cinta adhesiva.

Al mediodía Santiago y Adriana creyeron verla entre los pacientes que salían al jardín. Iba en uniforme caqui, los ojos enrojecidos, la cabeza gacha. Ella no los reconoció.

Caminó a una esquina del jardín y se sentó contra un árbol. Entonces salieron los borregos caqui y se esparcieron por el pasto. Adriana y Santiago se aproximaron. Sí, era Gabriela. Le hablaron. Ella los miró como de lejos, como desde otro universo. Y bajó la vista sin haberlos reconocido.

Le habían dado electrochoques.

Se repuso. Volvió a ir al manicomio, con bata blanca. Pero era apenas el inicio de la pesadilla.

Se le había abierto una herida lenta, una desconfianza amarga. Se hacía preguntas graves a cada hora, de las que llenan los libros de filosofía y las zozobras de los locos. ¿Quién soy? ¿Qué es lo real? Como si hubiera dejado de entender lo evidente, como si lo evidente de pronto fuera una mascarada que anunciaba y ocultaba lo cierto. ¿Por qué si fumo una hierba el tiempo fluye más lento y si me inyectan un líquido se destroza en tramos sueltos?

Adriana le pasaba el brazo sobre los hombros y le decía ya veremos, para eso estudiamos psicología. Pero la incertidumbre de Gabriela era urgente, inaplazable, dolorosa. A pesar de saber que se exponía al ridículo, Gabriela iba de día en día, de persona en persona, confesando su duda ontológica. ¿Quién soy? ¿Qué es lo real? Pasaba como antes horas en la cafetería universitaria, pero ya no averiguando las historias de los otros, sino exponiéndoles su terrible ignorancia.

Como era una joven atractiva de mirada azul, y con ese aire de princesa en espera de la salvación, hubieron varios, demasiados caballeros dispuestos a resolverle el dilema. Un marxista de barbas negras y boina a la Che Guevara le explicó que era una creatura social, específicamente de la clase dominante. Un novicio jesuita de piel pálida y mejillas rosadas la nombró Espíritu Santo encarnado. Un pasante de administración de empresas la invitó a bailar a una discoteca: mi vida, le dijo, qué importa quién eres, un día yo me senté en el balcón de mi departamento y dije no me levanto de aquí hasta saber quién soy y ¿sabes qué?, me quedé dormido, volví a despertar para seguir pensando y por fin en la noche, con un dolor de cabeza horrible, me di cuenta de que vale madres quién eres o no eres, por eso vamos a bailar.

Para Gabriela, a diferencia de para sus interlocutores, no saber qué era lo real era un problema real. Así que fue acallando sus preguntas, guardándoselas para rumiarlas por dentro, retirándose de los otros. Caminaba por la universidad con los ojos idos, con la atención extraviada en su selva de dilemas interiores. Se perdía clases, se perdía reuniones de amigos, no llegaba puntual a ningún lado. Llegaba a calles cerradas sin saber desde hace cuánto tiempo había salido de la universidad. Se le oscurecía el día de pronto. Se despertaba en su cama a media mañana sin haber descansado.

Haciendo el amor con Santiago lloraba pequeñas lágrimas porque no sentía sino la memoria del erotismo. Sentía de lejos su cuerpo enlazado al cuerpo del hombre, todavía más distante; la mecánica del amor le parecía ahora grotesca: un hombre, una mujer, formando abrazados un monstruo sacudido. Se quedaba viendo en la pared la sombra del monstruo agitado del sexo. Y sonreía con resignación.

La incertidumbre la hacía temblar en medio de una clase en la que miraba al maestro dibujar en el pizarrón círculos concéntricos; de golpe no sabía. ¿Qué no sabía? Nada. Ni quién era el maestro ni quién lo veía. El vacío de golpe.

Desde luego hacía memoria, es el maestro de Pruebas de Personalidad, yo soy Gabriela, alumna de psicología, pero se daba cuenta del esfuerzo de memoria para saber, el trabajoso movimiento de los engranajes de la memoria para producir las respuestas, y ya sabiendo el sabor acre del miedo le quedaba en los labios, la punzada en la boca del estómago. Era artificial ese conocimiento, esa identidad formada de memoria.

Lo único real era la duda.

El miedo.

¿Y si el maestro y los otros alumnos eran robots?

Rápidamente la idea se afirmó, eran robots. Gabriela apuntó en su cuaderno "Comienzo de un delirio". Y luego, "La idea no es lícita para un enfermo de normalidad". Y luego, "Hasta mis delirios son lugares comunes, carajo".

Observó a los alumnos sentados en las bancas, treinta y dos alumnos sentados todos de igual forma, cada uno con un cuaderno, cada uno tomando las mismas notas, y supo que si aceptaba la idea son robots y dejaba ir su mente lógica a partir de esa idea, hallaría las pruebas de que lo eran. Respiró profundo, frenó su mente, le pidió a la compañera sentada a su lado un cigarro.

Sonrió exhalando el humo.

Entonces el delirio se coló desde las ideas a lo sensual. De golpe Gabriela estaba encerrada en una burbuja de aire denso, una burbuja de gelatina de aire, le era imposible moverse, oía sin entender el ruido de la voz del maestro, el corazón se le zafó del ritmo, latía en desorden, los latidos eran los bandazos del terror. El aire duro le apretaba las mejillas, quería invadirla y deshacerla, borrarla.

—Prométeme algo —dijo Gabriela, y sonrió con esa sonrisa melancólica que ahora le era tan usual; tomó las manos de Santiago en las suyas. Al final del semestre voy a soltar los asideros.

—¿De qué hablas?

—Voy a pirarme al final del semestre.

—Espérate.

Santiago le acarició el cabello. Estaban en el sofá de la sala, a Gabriela le temblaban las manos.

—Voy a enloquecer y quiero estar bien cuidada. No soporto la presión de la angustia.

Santiago la besó en la frente.

—Viene en olas, la angustia. Y sé que un día me tiene que inundar completamente. Digo a mi yo pequeñito. Así que llegué a un pacto con el miedo. Voy a aguantar hasta agosto. Voy a terminar la tesina, para graduarme, y luego quiero que me lleves a un buen manicomio. Donde no haya choques eléctricos.

—Espérate. Cálmate.

Gabriela se recostó en las piernas de Santiago. Seguía temblando y el sudor le perlaba la frente. Entrecerró los ojos.

—No te vayas —pidió Santiago.

—¿A dónde me voy?

—No sé, sólo te siento irte. Háblame más.

—Déjame.

—Háblame.

—De veras deja que me vaya un rato. A veces tengo que dejarme hundir un poco. Alejarme...

—¿Fumaste mota hoy?

—Nada.

—¿Segura?

—Nada. Y no es eso. No es eso. Santiago, voy a darte la dirección del manicomio y cuando te diga ya, me llevas. Es el Rockfield, en Estados Unidos. Les explicas a mis papás.

—¿Cómo les explico?

—Como sea. De todos modos no entienden nada. Pero les explicas porque es un hospital caro y les va a doler no entender...

—...¿Lo que te pasa?

—No entender por qué les está costando una fortuna. Te van a decir: ¿por qué mejor no se va nuestra hija de vacaciones a...

—¿De vacaciones a...?

—A...

—¿A dónde?

—...

Gabriela se bajó al piso de duela muy lentamente. Cerró los ojos.

–Espérate.

Gabriela ya no respondió.

Santiago se acostó a su lado.

–Gabi. Gabi.

–...

–Ya no te importo siquiera yo. Por favor regresa.

Pasó el brazo por debajo de su cintura y trató de acercarla a sí. Pesaba. La abrazó. Estaba fría. Sudando y fría. Los párpados le temblaban, como cuando se sueña.

Y su lengua pasaba y repasaba sus labios secos.

–Es terrible —murmuró; pero su sonrisa parecía decir: terrible y hermoso.

Después no habló. Tiritaba en los brazos de Santiago.

Se hincó a un lado de la tina. Le enjabonó la espalda.

Gabriela miraba hacia el agua lúcida. Pero no miraba, estaba ausente.

Santiago le lavó el cabello. La enjuagó. Pensó que ella era como su hija o como una madre anciana. La envolvió en la toalla grande, la secó, la envolvió en otra toalla grande y la cargó a la cama.

La cubrió con la cobija. Se tendió de espaldas a su lado.

–Ya no me amas —dijo Santiago; corrigió: –Ya no amas.

LA LOCURA, OTRA VEZ

El famoso incidente del loco que se hacía chiquito con el color rojo.

Ana estaba calva de nuevo, a partir de la tarde en que se tomó con el grupo la foto, su hermoso cabello caoba se le había empezado a caer de nuevo, pero no le importó demasiado, no le obsesionó como la primera vez, porque desde entonces había entrado a terapia transaccional y había madurado (según ella) y las mascadas de seda multicolor con que cubría su calva le daban un cierto aire de gitana (de nuevo según ella), así que solía andar con tales mascadas y arracadas grandes y pesadas.

Le asignaron al paciente Leonardo Benítez para entrevistarlo y formar su historia clínica. Leonardo era un caballero regordete, de cabellos escasos, anteojos de fondo de botella con un marco pesado de plástico. Usaba el uniforme caqui del manicomio con una estrecha corbata verde limón y botas de plástico negro sin agujetas, pero su porte digno y su ritmo despacioso, le daban a pesar de todo un aire de profesor.

Ana, con la punta del lápiz en la libreta:

—Don Leonardo, ¿en qué año nació usted?

Estaban en un salón, sentados, una mesa redonda entre ambos.

—Al nacer me encontraba entre dos lianas, suspendido en el Universo.

Ana forzó una sonrisa.

—¿En qué año?

—Dos péndulos se cruzaron, una chispa saltó y las lianas se mecieron aventándome al planeta Queso —don Leonardo se rascó la oreja y precisó: —Queso Gruyère. El de los agujeritos.

Ana revisó mentalmente las preguntas básicas que debía formular. Año de nacimiento y lugar. Nombre de los padres. Enfermedades de la infancia. Estilo de relación con los padres. Etcétera.

—Don Leonardo —recomenzó; y se llevó la goma del lápiz a los labios, sin saber cómo continuar.

Don Leonardo en cambio siguió hablando, lenta y fluidamente. Del planeta Queso Gruyère había pasado al planeta Fuego, con sus volcanes en erupción, donde había engendrado a los Cien Mil Sirios, mediante el simple mecanismo de insertarse un sirio en el ombligo. Es decir que se lo había metido y luego cuando lo sacó ya eran los Cien Mil Sirios.

—¿Se metió un sirio, con s, o un cirio, con c? —preguntó Ana. ¿Un sirio: una persona siria, o un cirio: una vela? ¿Qué fue lo que se metió, don Leonardo?

–¿Con s o con c? Con... No sé.

–¿No sabe? Bueno. Ahora dígame, ¿se metió al sirio en el ombligo? ¿No habrá sido en otro agujero, don Leonardo?

Don Leonardo se abismó en sí mismo.

–Déjeme pensarlo. Déjeme... ¿Con s o con c?

¿Qué estoy haciendo?, pensó Ana; indagando cómo este pobre diablo se ayuntó por el ombligo con una vela para dar a luz al pueblo sirio. Él está loco, no yo. Respiró profundo y se apartó rápido de la locura, como si del umbral de un laberinto.

–Y la mamá de usted, ¿cómo se llama? —preguntó Ana.

–Eso es planetas después.

–Ah ya. En el planeta Tierra.

Don Leonardo la miró de reojo y asintió tristemente. A este planeta había llegado por error. Aquí unas personas horrendas eran sus padres. Había tenido rubeola a los catorce años.

–A propósito, de eso quería hablar —intervino Ana. ¿Qué otras enfermedades tuvo?

–Todo por la venganza de los Cien Mil Sirios, que llegaron a la Tierra para reclamarme.

Los Cien Mil Sirios le habían agujereado el cuerpo para metérsele dentro. El cuerpo se le había llenado de diminutos chichones donde se albergaban. Él luchaba contra ellos, rascándose. Pero al reventarse los chichones mataba a los sirios, que eran sus hijos queridos, y se llenaba de pena y terror. Los sirios se disolvían en una gota de sangre y él lloraba lágrimas amargas.

Esa batalla sin posibilidad de victoria lo había dejado exhausto hasta el día de hoy.

Don Leonardo dejó caer su mentón al pecho, con los ojos más tristes del mundo.

Hasta el día de hoy, de hecho, seguía la batalla. Los Sirios a veces atacaban desde afuera. A veces uno se ocultaba en el color rojo y desde ahí llamaba a los otros Noventa y Nueve Mil Novecientos Noventa y Nueve, que salían a su encuentro en hordas salvajes y él, Leonardo, vaciado de su interior, se hacía chiquito. Algún día iban a salir todos y él iba a desaparecer.

Ése era su dilema imposible. Si los dejaba escapar, desaparecía. Si no los dejaba fugarse, la batalla continuaría, hasta que renaciera en otro planeta menos doloroso.

—¿Y con su papá cómo se lleva?

—Mi padre era general del ejército mexicano, no tiene que ver con los sirios.

Ana cerró su libreta, fastidiada. Tomó de la bolsa de su bata blanca la cajetilla de cigarros marlboro y la abrió para tomar uno. Entonces se fijó en que era una cajetilla blanca y roja. La tapa de la cajetilla era roja completamente, a no ser por las letras blancas de marlboro. Arrancó la tapa.

Don Leonardo tenía la barbilla en el pecho y se miraba los zapatos de plástico.

—Don Leonardo, mire —dijo Ana; le acercó a los ojos la tapa roja.

—Quería ver qué le pasaba —diría en clase de psicopatología, sacudiendo la cabeza.

–Querías ver si se hacía chiquito con el color rojo.

–Estaba harta de oirlo mentir.

Don Leonardo abrió poco a poco unos ojos grandes. Se alzó de la silla despacio. Retrocedió aterrado a la esquina del cuarto. Se acuclilló. La sangre le salía por la nariz. La sangre le empezó a salir por la boca. Abría la boca y manaba un borbotón. La cerraba apretando los labios. Aterrada Ana se acercó, retrocedió, no tenía idea de qué hacer, salió corriendo a pedir ayuda.

–¿Y te estaba mintiendo?

–Todo lo que me había dicho era absurdo.

–La pregunta es: ¿te estaba mintiendo?

El profesor de psicopatología no la dejaba en paz. Ella en una silla y él en otra, ambos en la tarima frente al resto de los alumnos.

–Su padre era efectivamente general del ejército mexicano. Y Leonardo tuvo una rubeola a los catorce años que se complicó y le causó fiebres encefálicas. Y si te dice que nació entre dos lianas al centro del Universo, también le debiste creer, porque ésa es su verdad subjetiva.

Ana se rearregló su mascada y alzó el mentón.

–Quería su fecha de nacimiento en este planeta. Quería saber su edad física.

–¿En qué año naciste tú, Ana?

–En 1960.

–¿En qué te basas para decir eso? ¿Te acuerdas de haber nacido en ese año?

–Recuerdo que me lo dijeron.

—Él recuerda haber nacido entre dos lianas.

—Hay una cosa llamada acta de nacimiento.

—¿Qué dice tu acta?

—Que nací en 1960, en el Hospital Americano de Tijuana.

—Parece más interesante haber nacido entre dos lianas.

—Pero es mentira.

—Entre soñar y recordar, ¿cuál es la diferencia, Ana?

—No voy a darle la razón a un loco, lo siento.

—No es cosa de darle la razón, es cosa de comprenderlo.

—Lo objetivo, doctor, es lo objetivo.

—¿Por qué no estudias contaduría, Ana?

Ana miró al profesor Madeira de los pies a la cabeza, sin ocultar su desprecio. El profesor continuó hablando largo y tendido del paciente.

Don Leonardo se desmayó, la camisa caqui, como de soldado, ensangrentada.

A los catorce años, mientras estudiaba en un internado militar en Massachusetts, en los Estados Unidos de América, enfermó de rubeola y las altas fiebres le provocaron delirios. Su padre, el general del ejército, lo mandó traer a casa, pero lejos de entender como el médico del internado que Leonardo necesitaba ayuda psiquiátrica, decidió que su hijo primogénito tenía dones mediumnísticos. El general era aficionado al espiritismo, tenía otro hijo varón que podía continuar la tradición militar de la familia, así que le pareció adecuado dedicar a Leonardo al más allá.

Lo encerró en un cuarto del sótano de la casa, un cuarto que pintó de amarillo, el color del Espíritu. Quería aislarlo de nuestro mundo para facilitar su encuentro con otras dimensiones. Recortó el borde inferior de la puerta del cuarto amarillo, y por la brecha entre la puerta y el suelo le pasaba las charolas con sus comidas, sólo vegetales y frutas, recogía la ropa sucia y le pasaba un cambio. Y Leonardo, en efecto, empezó a ver más allá de las paredes. Recordó sus nacimientos anteriores. En la noche negra cuando una primera chispa lo despertó como criatura. En el planeta Queso. En el planeta Fuego, con sus volcanes en erupción, sus ríos de lava color sangre, su calor intenso. En el planeta Agua, harto de montañas gelatinosas, mares salados y dulces, peces rápidos y ballenas lentas y musicales. Hasta llegar a este planeta, el más denso, el planeta Tierra, donde los habitantes vivían obsedidos por las cajas: vivían en cajas, viajaban en cajas, al morir eran enterrados en cajas.

Diariamente el general se sentaba a un lado de la puerta del cuarto amarillo, para escuchar las noticias de los viajes extraterrestres de Leonardo.

Aunque a menudo sucedía que no obtenía respuesta, Leonardo estaba ausente, se encontraba lejos, reviviendo hazañas y desastres en los otros mundos.

Al padre se le fue formando en la mente

una geografía cósmica que nunca antes, hasta donde él había leído, alguien había descrito y la encontró muy probable. Incluso sintió que él mismo la recordaba dentro de sí, en una suerte de memoria de la especie, y que intuía cómo debía seguirse extendiendo. Transcribía los relatos del hijo y basado en ellos dibujaba mapas.

De golpe comprendió que Leonardo había viajado desordenadamente por un Cosmos ordenado; lo supo sin alcanzar a detectar las causas que lo llevaban a la esplendente conclusión, pero también sin lugar a dudas. Y entonces sucedió la segunda revelación. Leonardo describía un Universo de mundos concéntricos, con los mundos más densos y opacos en el exterior y los más sutiles y luminosos aproximándose al centro.

El general Benítez pensó en publicar un libro que seguramente le daría notoriedad en las cofradías esotéricas. *Refutación a Copérnico*: apuntó el probable título en la portada de su cuaderno de apuntes. Aunque después anotó también: *Corrección a las Sefirot Cabalísticas*.

Pero debía esperar a que Leonardo alcanzara el recuerdo, o la videncia, del primer mundo, el central, hecho probablemente de pura luz.

Por qué Leonardo se dilataba en remontar la memoria más allá le quedó claro al general luego de comparar sus mapas con los mapas de la realidad de Luria, el cabalista medieval. Probablemente Leonardo debía atravesar la esfera segunda, la esfera negra de la Cábala, la de la negación absoluta. Probablemente allí había ocurrido aquel nacimiento suyo entre lianas, y tenía ahora que recordar hacia atrás ¿un nacimiento anterior?, ¿o un estado prenatal?

No era fácil entrar a la negrura del NO absoluto y salir luego para adentrarse en la luz central del Universo. "Necesita una suerte de traje de buzo, creo, para no desintegrarse", escribió el general en la última hoja escrita de su cuaderno, ya en una franca confusión entre los mundos mentales y los físicos.

De cualquier manera el general murió antes de poder averiguarlo. La noche de su entierro un familiar encontró al hijo encerrado en ese cuarto amarillo, para entonces ya verde agrisado. Lo ingresó al hospital psiquiátrico. De eso al momento en que el profesor Madeira lo cuenta a sus alumnos de psicopatología, veinticinco años.

❧

Trabajaron en sus tesinas durante los siguientes meses. Gabriela y Adriana se habían propuesto un trabajo sencillo, bibliográfico, para graduarse pronto. Santiago emprendió la tesina suya y de Felipe con más ambición, una sección bibliográfica y otra de investigación con los psicóticos del hospital. Felipe y la abuela les preparaban agua de limón, pasaban a abrir las ventanas de la sala para que el ambiente cargado del humo de los cigarros se oreara, se sentaban con ellos a la hora de la comida y los miraban discutir con cara de padres bondadosos, luego salían de la casa para atender las ocupaciones de la abuela.

La abuela guardaba los regalos de Felipe en un armario, en cada salida Felipe la obsequiaba con algo sorpresivo. Una cucharita de plata robada en casa de la Tata Espinosa Iglesias, una manzana de dulce tomada del aparador de la tienda de dulces, el paraguas de una señora del té de caridad, el emblema de hierro forjado de la verja del Club Mundet. Chucherías que hacían reir a la buena mujer.

Pero con Santiago y las Dos Gracias entregados a las Altas Labores Intelectuales, Felipe sentía que se aburría. Los echaba de menos o tal vez era, como lo interpretaba la siempre maliciosa Adriana, que les envidiaba la excitación interior que a ellos los tenía absortos de la mañana a la medianoche, sentados a las mesas colocadas en la sala, y se desparramaba en las discusiones de los recreos que se daban de cuando en cuando.

Se sentaban a un lado de la alberca y sólo Felipe se metía a nadar, ellos hablaban. Hablaban. Hablaban. Hablaban. Del Consciente, el Inconsciente, el Ser, el Sentimiento Oceánico.

Hablar del Sentimiento Oceánico y ni siquiera meter un pie al agua, he allí uno de los peligros del Intelecto.

Se peleaban a gritos en cuanto al tema del Ser. El Ser o el Cuerno del Unicornio, decía Adriana. Algo de lo que se dice tanto y sólo ha sido visto por los argüenderos. Digo lo que dice no me acuerdo quién sobre Dios: ni como hipótesis de trabajo lo necesito. Santiago se oponía al escepticismo de Adriana, el Ser puede ser percibido, insistía. Le describía con sumo cuidado la luz del Ser.

—Cierras los ojos y ahí está esa luz verdosa, vibrando. Miren —les pedía a Gabriela y a Adriana—, cierren los ojos ahora mismo. ¿Ven la luz?

—La veo—: Adriana.

—¿Entonces...?

Adriana:

—Veo luz, cierro los ojos y sigo viendo luz.

—Exacto.

—Eso se llama retención retiniana —decía Adriana la maliciosa.

Y Gabriela, todavía con los párpados entornados:

—Yo veo un agujero negro y profundo y siento que... me va a tragar... es... me da vértigo... —abría los ojos y se mordía los labios; todavía no podía dejarse caer, debía terminar antes la tesina. ¿Por qué no puedo ver luz dentro de mí? —preguntaba con una zozobra infinita. Sólo un agujero y oscuridad...

—Lo que pasa —concluía Adriana —es que eres un místico.

Y pronunciaba la palabra místico con desdén. Tanto como acusarlo de primitivismo.

—Un místico —repetía sarcástica. Como dice tu abuela, estás buscando la última causa.

Y Felipe entre ellos se sentía solo.

En el colmo de la melancolía, añoró las clases universitarias, y entonces se asustó. Debía estar muy mal si extrañaba la escuela. Entonces volvió a sus andanzas callejeras de otros tiempos. Se paseaba por los parques, entablaba pláticas con extraños, ligaba. Un intercambio de miradas bastaba para que supiera si el fulano o la fulana seguirían hasta el final el encuentro. El mismo entrecruzamiento de miradas era suficiente para que Felipe adivinara qué ilusión provocaba en el posible amante.

Aquél miraba profundo y duro, Felipe se afeminaba, suspiraba seguido, se acomodaba la melena como una jovencita nerviosa.

Aquél parpadeaba como una vedette coqueta, Felipe hinchaba el pecho y se acercaba con una retahíla de palabrotas, hola pendejete me fascinas cabrón, convertido en macho.

Aquélla buscaba novio, Felipe titubeaba entre acercarse y no, se presentaba por fin diciendo soy licenciado en psicología trabajo y estudio ¿y tú?, bien sincero y formal.

Felipe o la persona plástica. Felipe o la encarnación del sueño ajeno. Con una seriedad en el rostro y una risa divina oculta en el fondo del corazón, Felipe se prestaba al deseo del otro. Nunca sabía en qué departamentito siniestro pasaría las horas próximas de caricias, en qué mansión señorial, en qué habitación de qué hotel.

En el instante de esas primeras miradas, la ciudad a su espalda se expandía convirtiéndose en un interminable laberinto de posibilidades.

La pureza de las primeras veces. El primer beso en los labios, el primer abrazo, la primera revelación de las desnudeces enfrentadas, los primeros sudores de la primera cogida y el primer y último adiós. Algo puro hay en las primeras veces, un encanto de inocencia.

Y porque los encuentros eran sin consecuencia, perfectamente inútiles, a Felipe le resultaban como música, perfectamente estéticos.

Felipe decía que le era infiel a Santiago solamente con otro. El Otro. Cualquier otro. Santiago lo ponía más precisamente: le era infiel solamente con el Resto de la Humanidad.

Santiago disfrutaba el recuento de las aventuras de Felipe. En funciones de medianoche en el dormitorio, con Gabriela presente o no, Felipe le actuaba los dos personajes involucrados en la seducción de ese día: siempre el Otro y Su Sueño (Felipe transfigurado); Santiago se retorcía en la cama de la risa hasta quedar exhausto.

Cierta noche luego de la función de teatro, Felipe se dejó caer sobre Santiago y empezó a besarlo. Santiago lo apartó bruscamente, le tomó la cara entre las manos y le preguntó ¿y conmigo quién eres?

–Igual. Tu deseo más profundo.

La respuesta inquietó a Santiago, achicó los ojos como cuando trataba de ver algo más allá de lo visible, los pensamientos detrás de los ojos verdes de su amigo. Pero soltó su rostro y como solía hacer con tantas cosas de Felipe, dejó pasar la respuesta como una ocurrencia extravagante.

Como Felipe no había tenido una infancia inocente y dichosa, la abuela se lo llevó a Disneylandia en junio. Diez días después volvieron para encontrar a los otros exactamente donde los habían dejado: en la sala, escribiendo a máquina, fumando. Como si hubieran estado al margen del tiempo. Fueron besando a uno tras otro, yendo de mesa en mesa, extremadamente maternales, Felipe y la abuela.

Felipe besó a Santiago en los labios y le introdujo al fondo la lengua, con la clara intención de que la abuela lo mirara hacerlo, y luego a Gabriela también la besó por otro minuto entero. Quería, como siempre, romper algún límite, cualquier límite y donde fuera: romper algún pudor y desatar emociones. Pero la abuela no traía puestas sus gafas y como no alcanzó a distinguir esos besos tremendos destinados a sobresaltarla, siguió repartiendo los llaveritos que había traído para cada cual, unas cadenas negras con el rostro en plástico del ratón Miguelito al cabo. Santiago por su parte recibió el profundo beso esperando pacientemente a que terminara para regresar los ojos a la tesina. Y Gabriela le empujó fuera la lengua con su lengua, le dijo al oído que esa noche harían los tres el amor y que lo disculpara en horas de trabajo. Adriana, que había visto el primer beso, se había levantado durante el segundo para ir a la cocina a sacarle punta a su lápiz con un cuchillo.

Felipe salió al jardín. Se desvistió y en trusa se tendió en el pasto, cerca de la piscina, ambas manos bajo la nuca y los tobillos cruzados.

Se preguntó para qué carajos había vuelto. Y se respondió que para ser parte de las noches de su amante. Solamente de las noches y solamente la parte que va entre el cansancio y el sueño. Para ser ese recreo de placer que media entre lo importante (el trabajo productivo) y lo indispensable (dormir).

Soy la concubina de un buen burgués, se dijo. Su aspirina diaria, su jugo de naranja, su poco de arte por televisión, su copita de anís. Su media hora de perder la cabeza. Él, que hacía unos cuantos años era llamado por Santiago El Mal. El Veneno. El Destructor. El Salvaje. Tanatos. A quien le había rogado: no me destruyas totalmente.

Fíjate, pensó. El cielo estaba gris, como siempre en la ciudad, velado por un vapor de desperdicios.

Esa tarde fue con la abuela a la iglesia. La esperaba afuera del templo, a la sombra de un árbol copudo, pudriéndose de tedio, cuando se le ocurrió algo con que salvar el día de la total inanidad. Cruzó el jardín a la casita de piedra que albergaba la librería religiosa. Saludó al dependiente, un cura con la cabeza redonda y rojiza, le pidió que le mostrara los rosarios. El cura sacó del mostrador de cristal una caja de madera con varios rosarios de sándalo y luego se inclinó para sacar otra caja con modelos de rosario en mármol y otras piedras. Felipe se dispuso para su mala acción del día.

Ya en la casa Felipe le mostró a la abuela

los seis rosarios y le contó como había pagado uno y robado los otros cinco.

—Ay niño —dijo la abuela. No seas resentido, eso amarga mucho. Ahora dámelos.

La abuela le tomó los rosarios, los guardó en un bote de latón y le prometió que ella misma los regalaría a los feligreses humildes. Felipe la miró guardarlos sin protestar, se rendía. Ni siquiera escandalizaba a esta buena católica.

Por la noche se duchó con Santiago y Gabriela. Se tendieron en la cama desnudos y entonces sucedió lo más deprimente. Santiago y Gabriela se pusieron a platicar de un tal Ken Wilber y *El proyecto Altman*, un filósofo posfreudiano y su teoría del desarrollo humano más allá de la neurosis, hasta la absoluta salud mental.

Gabriela tenía la cabeza mojada sobre el abdomen de Felipe, Santiago tenía la cabeza sobre el sexo de Felipe: las dos cabezas encima de su cuerpo dialogaban sobre Wilber, a quien le asignaban maravillosos adjetivos. Genial, libérrimo, iluminado.

De pasión peligrosa a concubina, se dijo a sí mismo Felipe, y de concubina a almohada; cómo he caído.

—Estoy aquí, ¿se acuerdan? —dijo en voz alta. Llegué hoy de viaje.

Santiago:

—Estoy trabajando en nuestra tesina, caramba. Esta platica es parte del trabajo.

Gabriela, conciliadora:

—Son nuestras últimas conversaciones.

Santiago, al sentir a Felipe moverse:

–No te vayas.

Gabriela:

–Te queremos, Felipe. Mucho. No te vayas.

–¿De qué les sirvo? Voy a ver tele.

Santiago:

–No hay nada mejor que una plática intelectual con un cuerpo desnudo de por medio. Uno tiene más Eros para sublimar. Así que no te vayas.

Un silencio y luego siguió el panegírico a dúo del tal Wilber.

En julio Gabriela y Adriana entregaron la tesina y a principios de agosto se presentaron al examen profesional. Santiago, Felipe y la abuela irrumpieron en el aula del examen cada uno con un racimo de globos de gas.

A finales de agosto Adriana volvió a Veracruz, de donde era originaria, y Gabriela anunció que se acababa la tregua con la demencia. Gabriela y Santiago se fueron a Maryland.

Santiago acomodó las maletas en el cuarto del manicomio, acomodó la ropa en el clóset, fue al despacho del psicoanalista director y habló con él.

De vuelta en el dormitorio abrazó a Gabriela, llorando en su hombro, y le deseó buen viaje y mejor retorno. Se sentó en el borde de la cama y le preguntó si quería hacer el amor para despedirse.

–Ya vete —murmuró ella, la cara en blanco.

Cuando regresó, Felipe y la abuela estaban en la cárcel por haberse robado un automóvil. Santiago habló con el abogado de la familia; la abuela, avergonzada, no había pedido ayuda a nadie.

La abuela iba de negro, llevaba sus gafas cuadradas sin una pata, ladeadas, se sacudió la mano del oficial que la conducía por el vestíbulo tomada por un codo y encaró a su nieto con aire desafiante. Lo saludó con un breve asentimiento de cabeza.

Pero cuando Felipe fue traído al vestíbulo del penal, Santiago le soltó una bofetada.

En el taxi Felipe intentó justificar el robo. La abuelita se había detenido en una calle ante un barracuda plateado y había dicho qué lindos son, lástima que estén discontinuados, yo le pedí a mi marido uno así pero dijo que no le venía bien a una señora decente manejar un coche que parece de carreras, y ahora, veinte años después, soy viuda y puedo hacer lo que me venga en gana, pero ya están discontinuados. Felipe le pasó el brazo por los hombros y se movió para continuar la caminata, pero la abuela se quedó firme en el sitio, admirando el barracuda. La vida es puro desperdicio, dijo.

Felipe forzó la cerradura, encendió desde los cables el auto. Se fueron a la carretera, la abuela feliz manejando el barracuda, atreviéndose apenas hasta los sesenta kilómetros por hora, pero eso sí, cambiando de velocidades con una concentración de piloto de fórmula uno. Era desde luego un préstamo, sólo que ya manejándolo la abuelita se encariñó y en lugar de dar vuelta en el primer retorno se siguió unos 30 kilómetros más.

Mientras regresaban a la ciudad de México, la patrulla apareció en el espejo retrovisor.

Santiago, en el asiento adjunto al ruletero, escuchaba el relato sin externar alguna reacción, sin siquiera volver el rostro. El ruletero por su parte repartía su atención entre el camino y el espejo retrovisor donde atisbaba a la anciana seria, de brazos cruzados.

Al bajar del taxi Santiago le abrió la portezuela a la abuela, la ayudó a bajar, le extendió la mano a Felipe para que bajara y luego le soltó dos bofetadas más, que Felipe recibió sin moverse, apenas parpadeando entre una y otra.

El abogado avisó a la familia y por la tarde llegó el chofer de los padres de Santiago con un mensaje. El amigo de Santiago debía largarse de la casa de la abuela. En caso contrario, al día siguiente estaría allí la policía.

Esa noche de nuevo hubieron golpes. Felipe luchó un rato y después simplemente se dejó golpear. Santiago lo estrelló contra la pared de un puñetazo y se apartó. No tenía caso golpearlo si ya no respondía. Pero Felipe, con la boca hinchada, el pelo húmedo de sudor, pidió más. Órale, no tengas miedo, buey. Santiago lo golpeó en el estómago, en el pecho, en la cabeza, recordando

la mirada ida de Gabriela en el manicomio, la ausencia de Adriana, la pérdida de la casa de la abuela, el término de la carrera: lo que se acababa para
siempre.

De una patada lo tumbó, le pateó el costa-
do, y ya no quiso golpearlo más. Lo cargó a la
cama, se tiró junto a él y lloró.

Felipe le acariciaba el pelo, la barba, riéndose con esa risa aguda con que se burlaba. Un
ojo amoratado y el cuerpo doliéndole como una
yaga y su pequeño yo riéndose.

Luego desnudó a Santiago en silencio. Se
desnudó. Se acostó encima de su espalda. Guardó su verga dura entre las piernas de Santiago. Y
se durmió.

LOS GEMELOS

Eros es al final de cuentas el deseo de abarcarlo todo. Poseerlo todo. Hacerlo suyo. Desde los mundos sutiles de la subjetividad hasta el mundo denso de las cosas.

El Universo como intimidad: ésa es la intención de Eros.

Abrazarlo todo: incorporar lo ajeno y hacerlo propio. El universo como Yo y el Yo transformado en el Ser. Eros es el hambre inmensa de Unidad.

¿Qué se opone al proyecto de Eros? Ciertamente no Tanatos.

Una pared. Tanatos la detesta, quiere derribarla. Un límite, Tanatos lo trasgrede. Una característica, Tanatos la desborda para negarla. Tanatos es el hermano gemelo de Eros en su afán de trascendencia.

El pequeño Yo, la identidad individual formada de las reiteraciones del pasado, es lo que se opone a la tremenda sed de Eros. No en vano. Para alcanzar la meta de Eros, el Yo pequeño debe disolverse en el amplio Ser, como una gota de agua que cae al oceano y ahí se pierde.

Amenazado, el Yo se opone a ello. Lucha contra la fuerza que quiere aniquilarlo (Tanatos) y ofrece a Eros sustitutos falsos del Ser. La Fama, el Poder, el Amor, etcétera. Falsos dioses que el Yo aprende a adorar, y que nunca le darán la satisfacción que requiere.

Es en esta lucha de engaños contra Eros que el Yo vuelve a manifestar su artificio. Vuelve a ser percibido como esa entidad creada y no innata, es decir esa falsa sensación de individualidad e independencia.

(En este tenor escribe Ken Wilber en *El proyecto Altman*, libro publicado setenta años después de la muerte del padre de la psicología profunda, Sigmund Freud, y que integra la teoría clásica freudiana con las tendencias de una generación de psicólogos que llegan a su madurez a finales del siglo XX.)

Entonces Tanatos no es una fuerza que intente reducir la vida a materia inorgánica o un instinto suicida, como Freud lo consideraba. Tanatos es el poder para trascender barreras. Dondequiera que exista una barrera, el Tanatos de la naturaleza más profunda del individuo actúa para eliminarla. Mientras haya una barrera, existe Tanatos. Solamente luego de la Unión entre el ser individual y el Ser, Tanatos se disuelve.

Pero cuando el Yo triunfa, cuando logra distraer a Eros hacia falsos dioses, y así impide la búsqueda de la verdadera Unión, también debe encontrar una forma alternativa para utilizar a

Tanatos. Encuentra entonces sacrificios alterna-
tivos: la destrucción se dirige al exterior.

Impedido de destruir las barreras que lo
apartan de su verdadero objeto, el Ser, Tanatos
se torna victimizador y asesino.

⌐

De su cuna en la alta burguesía, a Santiago le
quedaban el apellido, sus libros y siete suéteres
de cashmir inglés. El retrato de Freud se lo había
dejado de recuerdo a la abuela.

Los libros estaban en cajas de cartón y las
cajas llenaban el cuartito de azotea de Felipe. Las
habían colocado de manera que hicieran de mue-
bles: seis cajas grandes eran el escritorio, diez cajas medianas la cama, los bancos eran cajas de libros, varias cajas ocultaban el excusado y una columna de cajas hasta el techo ocultaba el grifo de
agua. Un grifo de cobre a media pared y un excusado siempre presentes hubieran deprimido a
Santiago, para quien la estética de los cuartos de
sirvienta era cruel.

El cuartito, que Felipe había pintado de
amarillo canario en honor a don Leonardo, el
loco de las reencarnaciones, olía pues a libros.
En ese santo aroma Santiago podía concentrarse
en el trabajo de la tesina, escribiendo sobre los libros de psicología y sentado sobre las novelas de
Julio Verne y Salgari de su infancia.

A las siete de la mañana se despertaban y
salían a bañarse en la regadera de las sirvientas,
arrinconada detrás de los tinacos de agua. Desa-

yunaban en un café de chinos, Felipe ahora cubría los gastos de ambos con el dinero que ganaba en el bar. Santiago volvía al cuartito para revisar lo escrito en la tesina la tarde anterior. A las once tomaba el camión para el manicomio.

Otro hubiera padecido tanta pérdida, Santiago en cambio se sentía liberado, lúcido. Se decía que la época de las grandes confusiones, la adolescencia, estaba por terminarse.

En una de sus andanzas callejeras fue que Felipe conoció al doctor en abogacía Reinaldo Cuesta Vives.

El doctor manejaba un auto negro y largo, lo fue siguiendo a cinco kilómetros por hora durante una cuadra del bosque de Chapultepec, viéndole con atención docta la espalda y el caminado ligero y despreocupado. Felipe sin dejar de andar se quitó la chamarra de mezclilla y la amarró a su cintura, luego alzó los brazos para quitarse el suéter de cashmir color cereza, se lo colgó al hombro. Juntó los omóplatos para que bajo la camiseta blanca se le abultaran los músculos de la espalda, metió ambas manos en las bolsas traseras del vaquero.

El doctor se apeó, bajó del auto. Usaba un traje de seda azul marino y una corbata roja, le preguntó si era músico de rock, o si le gustaba el rock, que le parecía haberlo visto en una tocada en un sótano del centro de la ciudad, pero que lo contradijera si se equivocaba.

Felipe no respondió. Ambas manos en las bolsas de atrás, la melena cubriéndole un ojo, y el otro ojo verde profundo. Sin decir siquiera buenos días fue a meterse al auto del doctor Reinaldo Cuesta Vives y fue hasta que salieron del bosque y viajaban por el Periférico que despegó los labios.

—No te equivocas, nos conocimos en una tocada de rock —murmuró. Cuando tú eras joven y yo no había nacido. ¿Te acuerdas que te madrié?

Lo preguntó sin inflexión en la voz, sin apartar del parabrisas la mirada, y el doctor Reinaldo Cuesta Vives sintió que se le encogía la trusa. Felipe notó con el rabillo del ojo el rostro sonrojándose: ah, pensó, con que ése es el tono.

Esa tarde Felipe llevaba el suéter de cashmir color cereza de Santiago. Nada de consecuencia hubiera sucedido si no hubiera llevado ese suéter de tacto suave.

Lo aventó contra la pared, Felipe al abogado, le agarró la corbata y la jaló, vas a ahorcarme, gimió el abogado, hizo descender la cabeza del abogado hacia la mesa de la sala de juntas, el abogado debió torcerse hacia atrás para que su cabeza por fin descansara en la madera reluciente. Desvístete, dijo Felipe con esa voz opaca que se había inventado para la aventura, y lo soltó.

Felipe:

—Ahora ponte la corbata.

Desnudos, a no ser por la corbata roja del abogado.

El abogado abrazado al busto de metal del presidente de la República y Felipe abrazándolo a él por detrás, por la cintura, clavándole el miembro al fondo.

El abogado, ya en su traje de seda azul marino, sentado al escritorio, pidió por el interfón dos cafés. Un mesero de filipina blanca entró a la oficina para servirlos.

El doctor Reinaldo, o la Reina, como Felipe llegó a llamarlo mientras hacían el amor, era casado y sin embargo le gustaría tratar a menudo a Felipe.

Felipe, del otro lado del escritorio, bostezó. Ésa era su respuesta.

Reinaldo trató de ser más interesante. Habló de sus inclinaciones artísticas. Cantaba lieder.

—¿Qué?—: Felipe.

—Canciones cuasioperísticas alemanas.

—Ah—Felipe sin entusiasmo. Sólo que yo no repito, ése es mi lema.

La Reina no se dio por vencido, dijo que iba a ser secretario de Educación Pública de la república mexicana pronto. En uno o dos sexenios. Para eso trabajaba desde niño, era su anhelo y su meta. Por eso ocupaba ahora este insignificante y abnegado puesto de (tomó aire antes de decirlo de corrido): promotor de intercambio internacional educativo a nivel universitario. Felipe se pasó la mano por el suéter de cashmir cereza, se acordó de la tibia piel de su novio Santiago y se dijo que la fortuna lo había puesto frente a la Reina.

–¿Promotor de qué?

–Director de la promoción del intercambio internacional educativo a nivel universitario.

–¿Eso incluye maestrías y doctorados?

–Por supuesto.

–O sea que das becas.

–El instituto las da, no yo.

–¿Has oído de la Universidad de Berkeley? —preguntó Felipe.

Reinaldo se sonrió.

–¿Tú sí?

Felipe detestó la sorna oculta en la pregunta, decidió apropiarse de la cultura de Santiago, debía cambiar de personalidad de ahí en adelante. Se peinó hacia atrás la melena enredada con una mano, para despejarse los ojos, y sonrió.

–No te he contado quién soy—, la voz ahora engolada. Soy pasante de psicología. Yo y un colega trabajamos en una tesis sobre la psicosis como medio de expansión de la consciencia.

–No me digas —dijo Reinaldo, verdaderamente sorprendido.

–Todo un rollo sobre la psicosis como intento de trascendencia —se repitió Felipe buscando en la memoria más frases de Santiago. A propósito, ¿sabes lo que es la psicosis?

–La enfermedad mental.

–No, no. Una categoría de la enfermedad mental.

–Lo que tienen los que están en el manicomio.

–La locura, sí. Aunque es muy discutible

si en el manicomio están todos los que son y son todos los que están. ¿Has oído de Lang?

—El psiquiatra.

—No, no, no —Felipe se sentía crecer dos grados de I.Q. con cada no espetado a la Reina. El antipsiquiatra. Ese buey y Segismundo Freud son nuestros padrinos. Digo, intelectualmente hablando.

—Qué cosa.

—Sí, qué cosa.

—Te felicito.

—No, no, no. Felicítalos a ellos.

Levantaron sus tazas de café al mismo tiempo y bebieron un sorbo mirándose, a través de los vapores del café, a los ojos.

—Pero... —empezó la Reina bajando la taza. Pero es mi deber decírtelo, sucede que aquí favorecemos las Ciencias y la Tecnología. Es decir que no damos becas a las Humanidades. Son las prioridades del país, ¿qué quieres?: entrenar científicos y técnicos.

Felipe, irritado:

—No, no te estoy entendiendo.

—El país necesita científicos y técnicos para desarrollarse, para dejar de ser un país tercermundista.

—Me dejas perplejo. Explícate más.

—Bueno, que como la psicología no es una ciencia y...

Felipe dando un puñetazo en el escritorio:

—¿No es una ciencia la psicología?

–No es una ciencia, perdóname, una ciencia exacta.

–Repítelo en mi cara, perra.

–Dispénsame, no es nada personal, pero...

Felipe, agarrándolo por la corbata:

–Me estás diciendo que mi ciencia no es una ciencia. ¿Cómo voy a reaccionar? Me estás diciendo que mi Patria no me necesita, cabrón.

–Suelta la corbata—:la Reina sofocándose.

Felipe jalando más la corbata:

–Te voy a decir algo muy exacto: eres un carácter anal reprimido, y eso a mí me consta.

Siguieron discutiendo, Felipe golpeando el escritorio seguido, y por fin la Reina le pidió coquetamente que le expusiera las razones por las que la psicología es una ciencia, pero no en esa oficina sino en un ambiente más soleado.

Fueron al cuartito de azotea, no había otra manera de avisarle a Santiago más que dejarle una nota. Reinaldo juzgó muy romántico el cuartito amarillo lleno de cajas con libros, incluso dijo que si no fuera tan ambicioso él también viviría entre libros, dormiría como ellos en una cama hecha de libros y trabajaría como ellos sobre libros. Felipe dejó la nota sobre la mesa, encima de los fólderes de la tesina.

"Voy al mar a darle jaque a una Reina. Vuelvo pronto". F.

Santiago memorizó la nota de Felipe a la segunda lectura y mientras caminaba por el parque para desgastar la furia fue reduciéndola a conceptos clínicos. Indefinida. Autista. Pasiva agresiva. Psicopática. Anormal.

¿Anormal?

Hay dos acepciones de lo normal. Una refiere a lo estadístico. Normal es lo que es propio de la mayoría. En ese sentido ambos, Santiago y Felipe, eran anormales desde hacía años, sin remedio. Y sin remordimiento: lo normal, en este cariz de cantidad, es neurótico. Vivimos en sociedades neuróticas.

Otra acepción de lo normal remite a una forma ideal de ser. Una norma es un modo de ser que se juzga deseable. Lo normal es pues lo que se acerca a esa norma. ¿A cuál norma? Para ellos esa norma ideal estaba hueca, sencillamente no existía.

Durante cuatro años Santiago se había dedicado a estudiar las teorías principales de la ciencia de la conducta humana y al final la idea de la normalidad parecía depender de una secuencia azarosa de identificaciones con este o este otro teórico, o este o este otro profesor seguidor de cierta escuela. Para Freud lo normal no era lo que para Jung, lo que para Jung no era para Maslow, lo que para Maslow no era lo que para Reich, etcétera, etcétera. El rigor intelectual de Santiago le impedía aceptar una definición de normal sobre otra, nada más por simpatías no corroboradas experimentalmente. Y la definición de salud mental absoluta de su héroe Wilber, que era la que le convencía más (o acaso la que le simpatizaba más), le resultaba todavía abstracta. A medida que Wilber trataba estadios de la conciencia más elevados, menos anecdótico se volvía. ¿Cómo encaraba el mundo un iluminado? ¿Qué hacía con las horas de cada día? Ni Wilber parecía saberlo precisamente.

Lo que los unía a Santiago y a Felipe era un mismo deseo por lo ajeno. Un Eros conquistador de lo ajeno. Durante todos esos años no habían hecho más que rebasar límites, transgredir prohibiciones.

Amantes de lo ajeno: Felipe, el ladrón de cosas e ilusiones, era en el plano de lo físico lo que Santiago, el apropiador de espacios subjetivos, era en el plano de lo sutil.

Cuando Felipe volvió tres días después, Santiago se levantó de la caja de novelas adolescentes y lo aventó de una bofetada contra la pared.

Se abalanzó para abofetearlo otra vez. Le golpeó con el puño cerrado la cara. Como siempre, Felipe recibía sus golpes sin defenderse, sin cubrirse siquiera. Santiago se apartó a un rincón y prendió un cigarro.

Felipe en otro rincón, un hilo de sangre bajando de su nariz a sus labios:

—¿Te prometo que nunca lo vuelvo a hacer?

—...

—¿Cómo iba a imaginarme que te ibas a poner furioso?

—...

—Dime qué reglas tenemos y las cumplo.

—No sé.

—Pongamos reglas pues. Para saber qué te encabrona.

—No sé.

Santiago regresó a sentarse. Se concentró en la tesina. Derribar límites, eso sabía hacerlo, a la pasión de transgredirlos se había entregado enteramente. Marcar límites, establecer reglas, en cambio, no quería. No sabía cómo. La sola idea de que debía hacerlo lo confundía.

—No sé —dijo otra vez.

—Si quieres tomamos las reglas típicas de un matrimonio casado por lo civil y ante Dios.

—Cállate, no seas tonto.

—¿Por qué?

—Sería grotesco.

—¿Por qué?

—Porque no somos eso. Límpiate la sangre.

—¿Qué somos entonces? ¿Novios, prometidos, amantes, socios?

—Somos... No sé.

—Entonces, si somos algo que quién sabe qué es, vas a tener que dedicarle un poco de tu inteligencia a lo nuestro para reglamentarlo. Más o menos el tiempo que le dedicas a la tesina cualquier día. Yo qué sé, seis horas, tres, siquiera una hora entera. Tú elige cuándo vas a formular las leyes de nuestra relación. Y no se te olvide comunicármelas. Ahora deja en paz la tesina.

Santiago levantó la mirada y Felipe inició el relato de su jaque a la Reina dispensadora de becas.

En dos ocasiones Santiago se dispuso a inventar las reglas de su relación con Felipe, pero en cada ocasión pospuso internarse realmente en el asunto. Después ya fue demasiado tarde. No quedó entre ellos un solo límite, una sola distancia que no fuera invadida.

Como no había dinero para un corte profesional de pelo, se cortaron uno a otro las melenas. Se bañaron en la cabina de la regadera, atrás de los tinacos; por la ventana se distinguían, velados por la contaminación y más allá del mar de los tejados y los edificios, los volcanes con sus cimas plateadas.

Felipe había regresado del mar tostado, con los ojos más verdes, y el cabello castaño con hebras doradas. Santiago se lo cortó en los lados, le dejó un mechón largo al frente, era el único corte de pelo que conocía bien, porque era el que él mismo usó toda una vida, antes de dejárselo como ahora en el caos total. Y Felipe, luego de trasquilarle y rasurarle la barba a Santiago, le cortó el cabello rubio cenizo igual: a los lados breve y con un mechón largo al frente.

Se quedaron sentados cara a cara en sendos banquitos, los dos mojados, en bragas blancas, los pies nudosos de Felipe sobre los pies nudosos de Santiago.

Era evidente: se parecían como se parecen los hermanos.

Ojos de distinto color, Santiago unos centímetros más alto y más robusto, menos moreno, otra nariz, labios parecidos, los de Felipe siempre resecos; enlistándolas, sus diferencias eran más que sus semejanzas, pero a un primer golpe de vista, lo notable era el parecido. Como de hermanos.

Y al moverse, al hablar o sonreir, al reirse, la semejanza aumentaba. A lo largo de su relación habían intercambiado gestos, formas de reaccionar, esos mecanismos sutiles que se llaman expresión de la personalidad. Era natural y sin embargo los mantuvo algunos minutos perplejos. Se parecían como llegan a parecerse entre sí los esposos.

Santiago alargó la mano para tomar del lavadero el espejo de veinte centímetros por veinte, y se lo colocó frente a la cara. La cara de Felipe le sonrió a la cara de Felipe montada sobre el cuerpo de Santiago.

Mientras Santiago estudiaba para el examen de admisión a la maestría en Berkeley, Felipe se ocupó de reunir la documentación pertinente. Sacó su pasaporte y su visa, fue a casa de la abuela para pedirle que consiguiera el pasaporte y el acta de nacimiento de Santiago.

Pero la casa de la abuela estaba deshabitada, el policía que guardaba la entrada le informó que la señora se había ido al Vaticano, no sabía más. En la casa de los padres de Santiago, doña Elvira lo recibió luego de media hora de insistencia. Fue una conferencia breve y brusca, en la estancia atiborrada de estatuillas de cobre y bronce, tapetes persas, mesas redondas y cuadradas, altas y bajas, óleos antiguos en las paredes.

De pie, porque doña Elvira no lo había invitado a sentarse y tampoco ella se sentaba, Felipe le explicó que quería el pasaporte y el acta de nacimiento de su hijo porque se iban juntos a la Universidad de Berkeley.

–¿Con qué dinero?

–Vamos a ser becados por el gobierno.

–¿En razón de qué?

–Por inteligentes que somos, señora.

Por el ventanal de la estancia se miraba el jardín de pasto inglés, en desniveles, algunas estatuas de metal, de contornos borrados por su propio brillo bajo el sol del mediodía, al fondo una barda de piedra volcánica.

–Santiago es mi único hijo —dijo doña Elvira mirando al jardín. Y de su padre también. Apretó los labios, compungida. Tenemos dos hijas mayores, ya casadas, pero Santiago es el varoncito. O era. Ya no sé qué es.

–Su hijo —dijo Felipe bajando la mirada— está orgulloso de ser su hijo, señora —y siguió mintiendo: –Tiene su fotografía junto a su cama.

Doña Elvira fue por los documentos. Se los entregó.

–Que escriba —dijo; le tembló la voz: –Por favor.

Y luego sucedió lo más extraño, Felipe dijo:

—De mi cuenta corre que Santiago le escriba a su madre, señora. Yo, que soy huérfano, sé lo que vale el amor de una madre.

—Qué sinsentido —dijo ella; volvió el rostro mientras con un ademán desdeñoso le indicaba que se fuera.

A las nueve de la mañana los aplicantes fueron llegando al aula del Colegio Americano, para la prueba de ingreso a los posgrados. Santiago se sentó en la penúltima banca de la última fila y Felipe directamente tras él. Los dos llevaban lentes de mica con arillos dorados; Santiago porque era miope y Felipe porque juzgaba que los suyos, que eran de pura mica sin graduación, le daban un aspecto más intelectual. Últimamente había caído en la cuenta que las personas mientras más piensan menos ven.

Felipe contó a los cincuenta y dos aplicantes y entre ellos a los treinta y cinco con lentes. A las nueve y quince cuatro profesores (dos con lentes) entraron con los cuadernos de las pruebas y los distribuyeron. A cada persona le tocaba un cuaderno con dos secciones: el examen de conocimientos y el examen de inteligencia.

A las nueve y veinticinco, recién cuando Felipe llevaba copiada la primera media hoja del examen de Santiago, entró un quinto profesor con lentes muy gruesos y pidió que todos se pusieran en pie. Cada segunda persona debía pasar al frente y cambiar su asiento al otro extremo del salón. Felipe vio a Santiago pasar al frente y luego irse a sentar en la primera banca de la primera fila, en el lugar más distante a Felipe. Fue como si la fe en el porvenir se le fuera lejos.

Una jovencita de lentes redondos, de pelo castaño ensortijado, ocupó el asiento de adelante de Felipe. Abrió el cuaderno. Su letra redonda y grande le regresó las esperanzas a Felipe.

Sentado en el borde de la banca, con el cuello estirado, podía leer sin dificultad el nombre de Norma Angélica Garduño en la parte alta de la primera hoja y le pareció que era un nombre inteligente, además sus primeras respuestas coincidían con las de Santiago, lo que era una garantía. Pasaron a la siguiente hoja, Felipe francamente entusiasmado. Eran preguntas con opciones de respuestas múltiples, la columna de respuestas elegidas estaba a la derecha de la hoja.

Por la tercera hoja Norma Angélica debió sentir el aliento de Felipe cerca de su oreja, el caso es que giró un poco el rostro para verlo así como estaba, inclinado hacia ella, la barbilla cerca de su hombro. Norma Angélica se molestó y agachó el torso para cubrir con él su examen.

—¿Qué te cuesta? —murmuró Felipe. No pierdes nada. Sólo ganas un admirador. Deja ver, no seas mala.

Luego de un rato:

—Soy huérfano, no seas cruel.

Y después:

—Te pago un millón de pesos, te lo juro. ¿Te hago un vale?

Norma Angélica parecía una osa resguardando a su cría, agachada sobre el examen, el brazo izquierdo colocado como para darle sombra.

—Si no me dejas ver —murmuró Felipe despacio— te asesino. Te clavo este lápiz en un ojo.

Y adelantó su lápiz de punta perfectamente picuda hasta rebasar la sien de Norma Angélica.

Norma Angélica se levantó de golpe, fue con uno de los maestros a acusar al tipo que la amenazaba de muerte a lapizazos. El maestro sacudió la cabeza como si no entendiera o no creyera, cambió a Norma Angélica a la fila central y Felipe se quedó abandonado en el último rincón del aula.

Por la noche en el bar Felipe tocó en el piano nocturnos de Chopin a ritmo de rock. Despedazando el romanticismo de las piezas, aporreando las teclas con furor, virando la melancolía en furia. El fleco mojado de sudor pegado a la frente y al comienzo de los cristales de sus gafas. De pronto golpeó con los dos puños el teclado y aulló, como un animal herido.

A medianoche borracho ya de ajenjo, se hincó frente a Santiago y le besó los zapatos. Trepó a sentarse a la silla y sollozó. Luego dijo que no había problema, no era un pendejo, nunca lo sería, no en vano durante la carrera había asistido a algunas clases y laboratorios y guardaba los apuntes fotocopiados de Santiago. Aquí de nuevo cayó de rodillas para besarle a su amigo los zapatos y volvió a encaramarse, tambaleante, a la silla. Solito había contestado el examen pero Dios estaba de su parte, Dios o el Azar, que es lo mismo, por algo él, un infeliz huérfano, había llegado hasta donde había llegado. En dos meses estarían en California, en la insigne Berkeley University, becados, protegidos de las estrellas.

Estaban en el examen profesional de la carrera, sentados a un metro de la mesa cubierta con mantel de fieltro verde, del otro lado el maestro Madeira y otros dos sinodales. Contestaban despacio y certeramente, Felipe las preguntas directas, Santiago las ambiguas. Nadie llegó con globos, como ellos y la abuela en el examen de Gabriela y Adriana, pero a cambio tenían en el público, amén de cinco alumnos curiosos, al elegante abogado Cuesta Vives de traje de lino blanco y a doce ancianas monjas en sus hábitos negros y blancos, las madrecitas de Felipe en el hospicio.

El abogado costeó una cena en un restaurante regular. Las monjas no dejaban de abrazar y besar a Felipe, de brindar por su promisorio futuro, y hablaban de Berkeley como si fuera un sitio tan milagroso como Lourdes, aunque apenas y sabían donde quedaba California. Fue allí, con una de las monjas, la madre Leonorilda, que Santiago entendió la terquedad de Felipe por tener un diploma con su fotografía.

—Ay, es mi culpa —confesó la mujer de pronto, el rostro congestionado por la emoción. Le conté que su papito, en su lecho de muerte, me había encargado que su hijo tuviera un diploma profesional, y luego había lanzado su último suspiro. Un diploma, con su foto, murmuró su papito, y luego abrió los ojos grandes, grandes, y ya estaba muerto.

La madre se rio quedito, los ojitos iluminados desde adentro.

—¿Y usted conoció bien a su papá? —preguntó Santiago.

Estaban sentados uno junto al otro en la mesa larga.

La monja se mordió el labio inferior.

—La verdad, no mucho —dijo, y bebió de su copa largamente; luego siguió riéndose por lo bajo. ¿Me sirve más vino, Santiago?

Le sirvió otra copa.

—¿Y quién llevó a Felipe al hospicio? —insistió Santiago.

La monja estaba eufórica y medio borracha y le confió lo que no debía:

—Llegó como en las películas. Alguien lo dejó en una canasta en la entrada. Su papá, pues quién sabe quién era. Ay, qué lagartija se me acaba de escapar por la boca, Dios mío —la monja se tapó la boca con ambas manos; luego le tomó sobre el mantel la mano a Santiago y la apretó. No se lo diga a Felipe, por piedad. No le vaya a decir que no conocí a su papacito. Sé que no se lo dirá, Santiago. Por ilusiones como esa se hacen grandes cosas. Mire no más, yo le dije aquella mentirita para que de niño hiciera sus tareas y ahora va a tener un doctorado.

La monja reunió las manos, dos manos breves y regordetas, y más sonrojada y mirando al techo le habló a Dios.

—Dios bendito, un doctorado. Con tal de que no sea una de las mentiras de Felipe. No es, ¿verdad, Santiago?

Santiago le enseñó el sobre blanco en cuyo interior se hallaban los boletos de avión y la carta del instituto que los becaba. Saldrían a las diez de la mañana siguiente, Felipe había elegido la fecha pensando en lo dramático de graduarse un día y al día siguiente estar en otro país.

—Es como un sueño— la madre Leonorilda suspiró aliviada. Que nuestro pobre Felipe se vaya del otro lado del mar a estudiar y que se vaya con usted. Le voy a decir lo que le dije a Felipe hace un rato. Ese Santiago y tú están juntos por obra de algo misterioso. Es como si fueran dos hermanos separados por el destino que se han encontrado por fin. Y es que ustedes se parecen bastante. Bastante. Ay, casi da miedo —la madre se persignó.

—Es que usamos el mismo corte de pelo.

La madre negó con la cabeza.

—Sí, ya nos han dicho que parecemos hermanos, pero le juro que es lo del pelo, y que usamos la misma ropa.

La monja siguió diciendo que no con la cabeza y Santiago se empecinó en aclarar su punto.

—Y nos vemos diario, eso afecta. Se pasan los gestos de uno al otro. Los modismos.

—No, no—suspiró la madre.

–Si se fija bien, nada más tenemos en común cierto aire.

—¿Por qué no quieres ver la mano del Señor en esto? —lo reprendió la madre.

Alargó las manitas hasta las mejillas de Santiago.

–Ven —susurró.

Santiago inclinó la cabeza y la madre le besó la frente.

El ocaso de la alegría llegó a medianoche. O sería más justo expresarlo así: la penitencia de tanta alegría. Reinaldo Cuesta Vives fue con ellos al cuartito amarillo. Llevaban una botella grande de champaña Dom Perignon y una lámpara sorda.

Descorcharon la botella, Felipe encendió su piano eléctrico, el abogado salió a maquillarse en el espejo de veinte por veinte colocado sobre uno de los lavaderos. Apagaron la luz del techo por orden del abogado. Por orden del abogado Felipe empezó a tocar, sentado en una de las maletas para el viaje, el teclado eléctrico colocado en la otra maleta.

El abogado entró a la oscuridad iluminándose a sí mismo el rostro con la lámpara. Se le miraba fantasmal. Una máscara de facciones indecisas, flotantes. Labios morados, pestañas de muñeca, mejillas rojas. Empezó a cantar lieder, canciones alemanas de cabaret.

Santiago bebía de la botella de champaña sorbos enormes, Felipe improvisaba un acompañamiento de acordes majestuosos, riéndose, el abogado imitaba a Marlene Dietrich. Con aire lascivo se acostaba en el escritorio de cajas, se sentaba, colocaba la lámpara vertical en el piso para que su haz lo iluminara mientras se abría la camisa, se la zafaba, la hacía girar sobre su cabeza antes de lanzarla.

Los muchachos gritaron ¡oh no! cuando vieron su corset lila, se desabrochaba ahora el pantalón, ¡oh no!, gritaron verídicamente aterrados, ¡oh no!, de nuevo al ver las toscas piernas en medias y el liguero, ¡oh no!, aulló Santiago y siguió bebiendo para aminorar su sufrimiento estético.

Al amanecer estaban nuevamente solos en el cuartito, abrazados y quedándose dormidos en la cama de cajas, sin ropa. El tic tac del despertador sonaba fuerte en el silencio y Santiago adelantó la rodilla para pasarla entre las ingles de Felipe. Le dijo al oído, con una voz adormilada:

—Los pasaportes y el sobre con los boletos están encima del escritorio.

Felipe le preguntó si los había revisado, Santiago dijo que no.

—Típico. Yo soy el encargado de lo práctico.

—Cierto.

—Hay un boleto, no dos.

—¿Qué?

—Hay un boleto, no dos.

Santiago lo abrazó más fuerte.

—¿A mi nombre o a tu nombre?

—Adivina.

—No sé.

—A tu nombre. A mí no me admitieron en Berkeley.

Santiago no dijo nada.

—¿Qué opinas, Santiago?

—¿Desde hace cuánto lo sabes?

—Qué importa. Desde hace un rato.

—...

—Santiago, dime qué opinas.

—En cierta manera es justo.

—¿Justo?

—Pienso —dijo Santiago— que debes regresar con las monjas y prepararte un semestre para pasar la prueba.

—¿Tú crees que estudiando un semestre me admitirían en Berkeley?

—Seguro —mintió Santiago.

Durante la carrera le había prestado apuntes, le había dejado copiar sus trabajos y sus exámenes, la tesina de ambos era suya realmente. Ser generoso nada le había quitado, pero no podía remediarle el rechazo de Berkeley, y menos ahora que ebrio y cansado se moría por dormir. Aflojó el abrazo con que lo ceñía por la cintura, recargó la mejilla en el hombro de Felipe y se hundió en las motas azules y amarillas que prefiguraban un sueño.

—¿Santiago?

Desde el sueño:

—Sí.

—¿Te acuerdas de cuando me fui al mar una semana?

—...

—¿Por qué me golpeaste cuando regresé?

—...

—Contesta.

—¿Qué tiene que ver?

—Mucho. ¿Por qué me golpeaste?

—No sé.

—Piensa.

—No sé.

—Bueno, está bien, ya duérmete. Mañana sale el avión a las diez.

Lo había meditado desde hacía una semana. Irse o no, dejarlo o no. Había decidido que Santiago le diera la respuesta. Un gesto de renuncia de su parte, decir no voy sin ti, o ve en mi lugar, o esperamos un semestre para ir juntos, hubiera bastado para que él renunciara a su vez y le dijera no, ve tú, tú fuiste admitido y yo no, no importa que yo conseguí la beca. Pero Santiago dijo: en cierta manera es justo, y después se había quedado dormido.

Dormido y condenado.

Felipe sacó de una caja un lápiz verde. Abrió el pasaporte de Santiago, a la fotografía le tocó los ojos con la punta del lápiz verde. Ahora Santiago era Felipe.

Felipe cruzó hasta el mostrador de Aeroméxico, una maleta en cada mano, los lentes de arillo dorado y un amuleto: la sonrisa abierta, franca, de Santiago en el rostro. Se acodó en el mostrador y le habló a la señorita con la voz moderada, queda, levemente rasposa de Santiago.

La empleada fue enormemente amistosa y diligente. Felipe notaba seguido como los trámites humanos le eran fáciles a su amigo y no desconocía que era su actitud la que lo provocaba, pero algo era observarlo siempre de a un lado y otra cosa desde la propia perspectiva de Santiago. Era la cordialidad y una especie de complicidad establecida de inmediato. El truco era que no había truco: Santiago obraba desde la honesta certeza de que la otra persona cooperaría para procurarle lo deseado, de que para la otra persona su alegría era tan importante como para él, y su convicción de que las personas son buenas per se era tan pura y atractiva que a las otras personas les resultaba irresistible corroborarla. Fíjate, pensó Felipe, que al imitar los gestos exteriores de Santiago estaba descubriendo sus gestos interiores.

Le pidió a la empleada dos aspirinas. Tenía un poco de jaqueca. Había bebido anoche y se había desvelado, explicó, la alarma del despertador apenas y había logrado despertarlo esa mañana. Con decirle que a su pobre novia, que había bebido igual que él, no se había atrevido a despertarla para que lo acompañara al aeropuerto, como ella hubiera querido.

—Me va a odiar —dijo Felipe, y sonrió su mejor sonrisa.

Y aunque se habían formado tras él dos clientes más y no había otro dependiente en el largo mostrador de la aerolínea, la mujer fue a buscarle las pastillas al interior de una oficina.

—Le agradezco de todo corazón —dijo Felipe; y sonrió.

La empleada le regresó los documentos con el pase de abordar. Y sonrió.

Durante la siguiente hora Felipe anduvo paseándose por el aeropuerto enseñándole los dientes a la gente: sonriendo la sonrisa de Santiago. Empezó a imitar su caminado por completar su averiguación sobre el personaje. Se pasaba de vez en vez la mano por el mechón de pelo para echarlo hacia atrás, como Santiago. Se paraba de pronto dos minutos, como él, como para pensar cosas profundas.

Entregó su pasaporte y enseñó los dientes. Pero el oficial abrió el pasaporte y nunca le regresó la sonrisa; revisó de prisa dos hojas, selló una tercera, garabateó una forma, la dobló y guardó dentro del pasaporte, se lo regresó.

Iba con paso holgado por el pasillo rumbo a la sala 18 cuando se detuvo como para pensar algo profundo.

Oh sorpresa: en efecto pensó algo profundo.

Pensó: no me voy lejos de él; me voy cerca. Jamás la intimidad con su amante había prometido llegar hasta este punto.

Cuando Santiago despertó fue en una media penumbra. No estaba el despertador ni las maletas ni el sobre con el boleto y la carta, y tenía un regusto amargo en la boca.

Un regusto amargo y una sensación de anestesia en la boca. Pasó la lengua por las paredes bucales, por sobre los dientes. Había un polvito entre sus encías y las paredes bucales. Se preocupó por ello, ¿qué era? Los restos de un desyrel. Un fármaco que le habían introducido y se había disuelto casi totalmente.

Al salir del cuartito y asomarse más allá del barandal de la azotea, miró la extensa geometría de la ciudad encendida en los colores del fuego: roja, naranja, amarilla, azul, y el sol rojo entre las columnas negras de dos edificios. Esperó ansiosamente a ver si el sol estaba saliendo o si se metía.

Se metía. Era el ocaso. Como las seis de la tarde.

Fue un golpe tan rudo, tan desconcertante, que lo primero que extrañó fueron los siete suéteres de cashmir inglés.

SEA NORMAL

Un bonito grupo.

Gabriela enloqueció. Felipe le robó el nombre y el destino a Santiago. Adriana se cansó de pensar y se mudó a La Paz, aprendió a bucear primero y después se dedicó a dar clases de buceo, enamorada de la forma de no pensar del mar de fondo (peces radiantes, melenas de algas ondulantes, erizos negros). Ana triunfó en el mundo de los libros de "cómo hacerlo usted mismo" con un volumen llamado *Sea normal*. Y Santiago desapareció.

En su cabaña junto al mar, en la mesita contigua a su hamaca, Adriana tenía la fotografía del grupo, reclinada contra un quinqué. Era un fotografía en blanco y negro.

Al centro está Freud; contra el espaldar de una silla, está el retrato de Freud con el cabello y la barbita blancos, el puro en la diestra y la diestra en la rodilla, los ojos negros esquinados en las comisuras. A un lado, Santiago barbón, descalzo, un cigarro entre los labios. Tras él, Felipe melenudo, los labios anchos y secos, con un suéter de cashmir en V, sus manos en los hombros de Santiago. Junto a Santiago, Gabriela con su espléndida sonrisa de aquellos tiempos, el fleco sobre los ojos, la minifalda de tan breve apenas adivinable y las largas piernas en medias negras, su mano en la rodilla de Santiago. Del otro lado de Freud está Ana, con el pelo rojo muy corto, va en una camisola hindú, lleva aretes de aro, grandes. Adriana al extremo, de pie; menuda, el cabello a la príncipe valiente, los vaqueros y la camiseta entallados, el gesto astuto, burlón.

Las fotografías siempre son nostálgicas.

❧

Los sinodales del examen, tras la mesa con mantel de fieltro verde, interrogaban y Ana, sentada a un metro de la mesa, respondía sin prisa, largamente, ejemplificando, abstrayendo, haciendo bromas sutiles, la espalda reclinada en el espaldar, sumamente cómoda.

El salón atiborrado de un público complacido del honor de encontrarse ahí, celebrando las bromas de la examinada, comprendiendo sus planteamientos, salvando su psique gracias a sus simples y lúcidas explicaciones.

Más que un examen era otra más de las presentaciones del libro *Sea normal*. Fue escrito como tesina pero resultó un recetario para la felicidad tan inspirador que una editorial lo imprimió y mientras transcurría el examen la tercera edición del libro ya se encontraba en las librerías del país, en los estantes de libros adjuntos a las cajas registradoras de los supermercados y en la lista de las publicaciones más vendidas.

En la portada una penca de llaves doradas. En la contraportada Ana sonriente, con la mascada multicolorida cubriéndole la cabeza, y en la mano la misma penca de llaves de oro.

Ana de las llaves a todos los enigmas.

Ana, más al público que a los sinodales:

—Sea normal sin mirar con quién.

Aplausos del público. El doctor Madeira, tras el mantel de fieltro verde sacudió la cabeza, como para espantarse la incredulidad. Después buscó con los ojos a Santiago, lo encontró en un asiento al fondo del salón. Barbón, el pelo revuelto oscuro, los lentes de arillo de oro, la espalda encorvada. Una facha. Madeira volvió a sacudir la cabeza, disgustado. Su peor alumna en el éxito, reduciendo la psicología a refranes y recetas, su mejor alumno flaco y desastrado, ante la complejidad de la psique enmudecido, pasmado hasta la idiotez.

—Ser normal es poner tu reloj a la hora del observatorio astronómico. Es un acto de amor a los otros.

Madeira encendió un cigarro, desanimado.

En la primera fila el esposo de Ana, el exjesuita, hinchado de orgullo. Lo violó, le dijo Adriana a Madeira una tarde en la cafetería.

—Tomaba clases de Análisis Transaccional con él y le pidió terapia privada. A las cinco sesiones Ana recuperaba su optimismo vital. A la séptima, llegó en un vestido rojo, escotado, y se sentó frente a su terapeuta para explicarle que el único problema que le restaba era que necesitaba un hombre en su vida. Un hombre maduro, sensitivo, decente. Es decir él, el jesuita. Se lo dijo seria, con gesto adusto, pero llevaba ese vestido escotado y rojo como el pecado, que era en sí mismo una proposición indecorosa. El jesuita le recordó tres asuntos: él era un sacerdote con voto de castidad, un terapeuta con voto de abstinencia, y el complejo de Electra freudiano era lo que le estaba operando en la relación terapéutica. Ajá, dijo Ana, ¿y qué?: triunfemos juntos en mi complejo de Electra. Y el jesuita se sonrojó penosamente. Si me permite, doctor Madeira, le diré que ese enamoramiento de Ana de un jesuita era de lo más normal, dada la configuración del complejo de Electra de Ana con un padre gángster. Yo se lo dije a Ana cuando me lo contó: es perfecto para ti, claro que el hombre te apasiona. Cómo no te va a apasionar corromperlo, como terapeuta y como religioso: lo haces abjurar de sus votos de castidad y de abstención, y ahí tienes: de tu propia creación, un caballero tan perverso como tu padre.

—¿Qué dijo ella a eso?

—Nada. Nunca dijo nada. Nunca volvió a dirigirme la palabra.

Madeira se acodó en el mantel verde y entre el índice y el pulgar se pellizcó el labio inferior.

Ana, al público:

—Nadie es perfectamente normal. Pero lo

normal es perdonarse perfectamente. Y ya lo genial es convertir nuestra pequeña anormalidad en éxito. No se asuste nadie por favor: aunque suena complejo es simple, como todo lo verdadero.

Sonrisas de alivio en el público. Una señora apuntando en una libreta la frase: "Simple como todo lo verdadero".

–Supongamos que un alto ejecutivo tiene una leve imperfección, que adora ir a la oficina en bicicleta...

Risitas del público.

–Una de dos: va en un auto lujoso a la oficina y es infeliz o va en bicicleta y asume las críticas y la desconfianza de los otros. Si hace lo segundo, lo más probable es que al rato otros ejecutivos le copien la bicicleta y él se vuelva líder de opinión.

Madeira quería llorar. Pensó: supongamos que a una psicóloga se le cae periódicamente el pelo. Una de dos: revisa su vida o se pone mascadas de seda y lo convierte en moda.

–La vida es demasiado corta para no ser feliz.

Plumas apuntando en libretas la frase memorable.

–¿Pero cómo puedo ser feliz eternamente?

Una señora se había puesto en pie y preguntado, rompiendo el protocolo del examen, donde supuestamente sólo los profesores preguntaban.

Ana:

–Somos, cada individuo, una cazuela de barro. Ponga en su cazuela dos kilos de confianza ciega. Agregue cinco huevos de valor. Un litro de planeación. Tres gotas de piedad por el prójimo. Y a batir, a batir con energía, a batir con ritmo, con alegría, hasta que la mezcla espese. Luego, guárdelo en el horno tibio que es el Cosmos.

Otra señora de pie, confundida:

—Pero usted había dicho que el Cosmos es un kindergarten, no un horno.

—Era otra metáfora.

—¿El Cosmos?

El festejo después del examen fue en el salón de un hotel. Canapés de caviar, de salmón, de paté, empanaditas de queso, bebidas. En un rincón una mesa con ejemplares del libro *Sea normal*, a un lado la autora autografiándolos.

Madeira bebió de más, se acordaba del libro sobre técnica psicoanalítica que nunca se había sentado a escribir, preocupado de la relevancia de sus pequeños hallazgos. Vio de lejos a Santiago moverse entre la gente hacia la mesa de los libros. Encorvado, muy flaco, barbón, y con unas botas viejas marchitas. Lo siguió para preguntarle de su vida, hacía meses no lo veía, pero se detuvo a presenciar el encuentro del muchacho y Ana.

Santiago había comprado un ejemplar de *Sea normal*. Se formó en la fila de personas que esperaban con un libro el autógrafo.

—Santiago —dijo Ana al reconocerlo; le tomó el libro.

Apuntó: "Se feliz, Ana".

—Gracias —murmuró Santiago; se adelantó a la salida del salón.

Ante un intercambio tan aséptico, tan normal, Madeira se sintió enfermo. Después de todo, según recordaba, el noviazgo entre ellos y su posterior rompimiento brusco, había determinado en buena parte el carácter de Ana, y desde luego las estaciones capilares de su testa, a veces con pelo, a veces calva. Por lo menos resentimiento hubiera podido mostrar, pensó Madeira. Pero ella lo escribía en su libro: "Sea normal sin mirar con quién". Acabó su bebida de un sorbo, la dejó en la charola de un mesero que pasaba, fue tras Santiago.

Bajó las escaleras alfombradas, cruzó el vestíbulo del hotel, se asomó a la calle. No encontró al muchacho.

Leía, eso es lo que hacía Santiago. De la mañana a la noche. En el cuartito, al aire libre en la azotea, en el parque. Releía sus libros. Había guardado sus libros desde el primero (*El principito*, de Saint-Exupèry) hasta sus textos de la universidad. Los empezó a leer en desorden, según los sacaba al azar de las cajas. Y cada que había terminado cinco, iba a la universidad y los vendía al dueño de la librería, que tenía una sección de libros usados a mitad de precio.

El librero era un hombre de baja estatura, rechoncho, con lentecitos redondos de aro de carey y cabello rizado y abundante. Le llamaban Trotsky, por su parecido con el revolucionario soviético. Afable, no torturaba a Santiago con regateos. Ponía precio a los libros luego de acariciarles la solapa y hojearlos una vez.

Santiago ya no fumaba ni hierbas sagradas ni tabaco, no bebía alcohol para nada. Ahorraba todo el dinero de los libros para comer. Compraba pan y queso fresco, una fruta. Lavaba su ropa en los lavaderos y una de las sirvientas del edificio le hacía favor de plancharla. Le habían quedado dos vaqueros, dos camisetas y una chamarra. Lo que había pensado no llevarse a Berkeley porque estaba decolorado. Y las botas viejas de Felipe.

Estaba sereno, y esto le intrigaba. Se preguntaba a veces cómo es que no había reaccionado violentamente ante el despojo del que había sido víctima. La beca, Berkeley: su futuro le había sido robado y él se entretenía leyendo sin ir tras el ladrón. No podía acumular la rabia para perseguir al ladrón de su destino, eso era lo cierto. Como si de pronto le fuera ajeno ese plan: su porvenir. Como si al serle arrebatado dejara de sentirlo parte de sí mismo. Mira qué extraño, pensaba.

Al anochecer se estaba tendido en su cama de libros mirando el techo. Puedo hacer lo que se me venga en gana sin que nadie se entere, se decía. Los otros están lejanísimos, cada cual en su vida, donde yo no soy un personaje. Y no siento ningún deseo imperioso. Nada que quiera hacer.

Pensaba: ¿dónde quedó mi avidez?

Y permanecía tendido, perplejo ante la

ausencia de un deseo imperioso. Dadas las circunstancias, reflexionaba, otro reaccionaría apasionadamente, pero yo no soy otro. Tal vez su verdadero destino había sido desde un principio esta falta de necesidad. ¿O no había trabajado tanto suponiendo que algún día remoto (luego de Berkeley y la especialización en Hampsthead, luego de ayudar a una pléyade de lunáticos y de un poco de gloria al publicar un libro, luego de etcétera y etcétera, incluyendo allí el hallazgo de la verdadera esencia humana), encontraría esta tranquilidad? El camino se lo había ahorrado el ladrón, ya estaba en el puerto de arribo: este sosiego.

Se quedaba tendido, mirando el techo del cuartito, perplejo, inmovilizado, ante su inmensa libertad.

Pero al cabo de unas semanas estableció un orden en sus lecturas. Primero los libros de las cajas que formaban el escritorio, es decir los universitarios. Luego las cajas que formaban la columna que ocultaba el grifo de agua, los de la adolescencia. Luego las que ocultaban el excusado, los de la pubertad. Después los que puentearon la infancia y la pubertad, que formaban su asiento para escribir. Al final las que formaban la cama, los de su niñez.

La sirvienta que le planchaba era casi una niña, una jovencita de catorce años. Se llamaba Janet y era una belleza morena, india oaxaqueña de ojos enormes. A veces se sentaba a su lado, sobre la caja de un tragaluz de la azotea, y se estaba ahí, mirando las nubes pasar y meciendo las piernas, mientras él leía.

Era sorprendente releer los libros. Cada uno le recordaba una época. Leía el libro y releía al lector que fue. Era sorprendente hallarlos tan bien escritos a la mayoría, descubrir sus antiguos amores tan amables. Como si fuera el abuelo de sí mismo, se reconocía, se comprendía, se sabía ya otro.

Cuántas palabras, cuántas palabras, cuántas palabras.

Cuántas ideas. Cuántas historias. Cuántas moralejas.

Cuántos dedos indicando cuántos caminos.

Leía con un sabor de estar ausente. No iba a acatar ningún índice, ninguna moraleja. No leía por encontrar algo. Nada más leía por leer.

Como si fuera el abuelo de todos los libros, sin tiempo ya para emprender aventuras, para pasar de la idea a la acción, nada más con tiempo para leer. Para enterarse de cuán curiosos eran sus congéneres.

Cuando era niño, se tendía en la cama y trataba de armar el sentido último de todos los libros. Le parecía que cada libro era una pieza del rompecabezas gigantesco que era la Verdad. La Verdad: tenía que estar en los libros, se decía. ¿Dónde poner a Julio Verne? ¿Empalmaba con Dickens o con Hergé, el autor de los Tintines, o con Tolstoi?

Leía, ahora, por leer. Sin aprender. Desaprendiendo lo que había querido robar de los libros antes, esa respuesta final a todas las preguntas.

Libros dulces. Libros agrios. Libros luminosos. Libros perversos. Cada cual tenía su propio sabor. En un libro amargo podía estar escrito Soy dulce, y el libro era amargo. Y al contrario, podía estar escrito Sufro, y ser puro entusiasmo por la vida. Y los hermosos libros transparentes, que dicen Luz y crean en la mente luz, dicen Negro y crean negro.

Desde que volvió a la ciudad, Gabriela trató de localizar a Santiago. Delgada, serena, con los ojos azules otra vez despejados, quería encontrarlo y mostrarse ante él hermosa como estaba, abrazarlo y besarlo pronto en los labios, contarle su experiencia en el manicomio, sus nuevas decisiones.

—Desperté —le diría para empezar— y soy mejor.

En la casa de la abuela había un policía vigilando la entrada que le dijo no saber ni del tal Santiago ni de la dueña de la casa, apenas hacía un mes lo habían colocado ahí de vigilante. En la universidad buscó algún compañero pero desconoció a los nuevos alumnos. Encontró a Madeira en su cubículo. La recibió con su gentileza usual, platicaron. Hicieron memoria de los años pasados, Madeira le contó del examen de Ana y el coctel posterior, y del aspecto lamentable de

Santiago. Fue la última vez que lo vio y había sido de lejos.

Doña Elvira, la madre de Santiago, tenía en cambio noticias frescas de su hijo. Santiago le escribía regularmente desde Berkeley, cartas escuetas pero cariñosas, muy cariñosas. No había venido durante las vacaciones, al final del semestre, porque deseaba tomar unos cursos especiales, la verdad era que el doctorado lo había encontrado mal preparado en varias materias, ya vendría al final del próximo semestre. Vivía en una casita de dos aguas, en los alrededores del campus universitario, solo.

—Solo —repitió doña Elvira. Sin ese depravado —y apretó los labios.

Gabriela calculó fechas y supo que algo no encajaba. Madeira había visto a Santiago durante el tiempo en que la madre lo suponía en Berkeley.

—Se habrá equivocado el maestro. Le pareció verlo.

Gabriela conocía los planes de Santiago. Siempre habló de hacer un posgrado en Berkeley. Ahora estaba ahí. No debía inquietarse. Quizá Madeira había visto mal o Santiago sí había venido de vacaciones a la ciudad pero no había visitado a sus padres, lo que no era imposible.

—Lo único raro es que me escribe a máquina.

A Gabriela se le enfrió la sangre. Y sin embargo saber que escribía cartas a máquina no agregó ni disminuyó a lo que sabía del paradero de Santiago.

–A Santiago le gusta escribir a máquina —dijo Gabriela. Es un buen mecanógrafo.

Hablaron de la abuela, vivía en Roma, cerca de la Plaza del Poppolo. Doña Elvira de pronto le dijo que se veía estupenda.

–Estoy bien —dijo ella. Gracias.

–¿Y cuáles son tus planes?

–Pienso irme a estudiar en un instituto inglés. Quiero trabajar con niños mongólicos.

–Sí, son tan tiernos, tan humanos. El hijo menor de una amiga es mongólico, un verdadero angelito: a todas horas alegre y tan dulce. Fíjate qué cosa, mi amiga dice que de sus cuatro hijos el mongolito es su mejor hijo.

–De hecho no son humanos, señora. Tienen un cromosoma más que los humanos.

–No me digas.

–Son otra raza. Por eso son naturalmente buenos.

Doña Elvira se sentía complaciente desde que Santiago le escribía cada semana y vivía solo.

–Qué fascinante —dijo sin juzgar.

Al despedirla, le entregó a Gabriela la dirección de su hijo escrita en una tarjeta. Gabriela la guardó en su bolso y al hacerlo notó que la mano le temblaba. No supo de qué tenía miedo.

Le escribió a Santiago. Durante meses esperó la respuesta.

Amante de lo ajeno

Trotsky acarició la solapa de *El principito*. Lo hojeó despacio fijándose en las ilustraciones coloridas, las letras gordas. Lo colocó sobre la pila de los otros libros: *Las aventuras de Tintín*. Eran los primeros libros que Santiago había leído en su vida y los últimos que vendía.

—Éstos —dijo Trotsky quitándose los lentecitos redondos— van a venderse muy bien.

Se movió a la caja registradora, tomó unos billetes y se los alargó a Santiago. Santiago lo invitó a comer.

Durante los postres, en el restaurante al aire libre, Trotsky sacó una cajetilla de cigarros y le ofreció. Santiago se mareó al inhalar el humo, hacía meses que no fumaba. Siguió fumando, absorto en el sabor picante del tabaco y el mareo creciente. Pensó que se fumaba su primer cigarro de los quince años, en las afueras de la preparatoria, recargado contra un automóvil, mareándose. El primero y el último. Trotsky se había dado por vencido y ya no intentaba hacer conversación con este tipo silencioso, miraba a otra mesa.

Para pagar la cuenta le faltó dinero, Trotsky lo puso de buena gana.

Santiago desconectó el timbre. Felipe lo había instalado hacía años, pero los últimos meses si alguien lo tocaba eran los vendedores ambulantes, los distraídos, que creían que era el timbre de la portera, o algún chamaco con ganas de molestar.

Cerró la puerta del cuartito amarillo y se tendió en el piso de mosaicos, también pintados de amarillo, los brazos abiertos, los labios desprendidos, la vista fija en el techo.

Cerró los párpados.

Vio esa luz amarilla interior. Sintió esa felicidad sin objeto.

Cuando abrió los ojos vio el amarillo de las paredes como otra luz: como si las paredes fueran de una luz tupida.

Pensó: si me levanto y camino a la pared, voy a cruzarla, como una luz que atraviesa otra luz.

Se alzó, se sentía ligero: enteramente abstracto. Caminó directo, ágilmente, hacia la pared, para cruzarla.

Rebotó: cayó de espaldas en el piso, pesadamente, desmayado.

Cuando abrió los ojos era de noche. Los cerró.

Cuando los volvió a abrir, la luz diurna se colaba por el cristal esmerilado de la mitad superior de la puerta y le tocaba el rostro. Un ruido delicado al nivel del piso: una charola de acero se deslizó por la brecha entre la puerta y el piso.

Una charola con un pedazo de queso fresco, dos panes de caja tostados.

Escuchó la voz de la muchachita, Janet, prometiéndole mermelada para la tarde.

—Gracias —dijo Santiago, y se extrañó de su voz grave y aletargada; de no usarla le parecía algo lejano a sí mismo.

Es mentira que no pensara. A veces una serie de ideas le cruzaba la mente como un tren de vagones de colores. Pero después de su paso, permanecía sin pensar tiempos incalculables.

Es mentira también que no escuchara fuera de sí. Escuchaba, desde el silencio del cuartito amarillo, con una finura exquisita: los pájaros de la madrugada, los pasos de las sirvientas en sus cuartos, las puertas entornándose, el agua de la regadera, sus vocecitas animosas, en la distancia el ruido de la calle, más lejos el runrún de la avenida. Escuchaba mejor que nunca, con una capacidad prodigiosa de detalle.

Durante el día distinguía los ruidos esporádicos en la escalera del edificio, si la puerta de entrada cinco pisos abajo se abría la escuchaba, escuchaba los gorgoritos que hacía de pronto uno de los tinacos, escuchaba a los empleados del gas gritando mientras subían un tanque, escuchaba la base del tanque girando en el piso.

Escuchaba el viento y su sinfonía de silbos por el parque, los tambores de la lluvia, la expansión de la calma al ocaso.

Lo que no hacía era reaccionar vivamente, ni a los hechos fuera del cuartito ni a los pensamientos dentro de su cabeza. Sucedían, registraba su paso, no los perseguía mentalmente, no los retenía: los dejaba ser y pasar. Es decir que no deseaba. Incluso había olvidado esa leve, tan leve y poderosa, reacción de juzgar: colocar en el bien o el mal. Cada cosa o cada sensación o cada pensamiento simplemente era durante un instante y luego ya no.

Todo sucedía fuera de sí mismo y era ajeno; lo propio era únicamente ese silencio espeso.

*

A veces lo atravesaban ideas raras. Puedo elegir qué soy en este cuartito. Soy lo primero que piense.

Árbol.

Se quedaba esperando crecer hasta el techo.

Un chango. Pum, soy un chango peludo.

Se reía y pataleaba como un chango peludo y la idea se iba a donde todas las otras, al olvido.

*

Janet le pasaba la charola con queso blanco y pan. Él le decía gracias. Ella le decía mejórate ya, no estés malito. Gracias, decía él.

Janet le pasaba la charola diaria con pan robado en el departamento donde trabajaba y queso panela comprado en el supermercado de a dos cuadras. Gracias, decía él, su única palabra en voz alta del día.

Alguna vez la muchacha se quedó al lado de la puerta hablándole. Santiago oyó su voz tan natural como el tintineo de la lluvia, sin traducir sus palabras a imágenes, como una canción tarareada. Tata, rare, dada, rera, tataratá.

Murmuró:

—Gracias.

Y sintió que flotaba en la belleza de esa voz, esa música delgada.

Los sonidos más fuertes eran aquellos que llegaban a suceder dentro del cuartito. Al abrir el grifo para beber agua, o en el otro rincón, cuando cagaba: explosiones intestinales únicamente comparables a los de una noche de la tormenta.

Notó que su mierda olía como a flores, a margaritas silvestres. Primero se rio al reconocer ese olor, tan improbable lejos del campo. Pero olía, su mierda, a margaritas silvestres, soleadas y húmedas. Debía ser la alimentación escueta y su dicha.

Porque su estado era el de un trance dichoso. Como una profunda inmersión que lo había contactado con los fluidos de su bienestar básico, corporal, no psicológico.

La noche en que la lluvia arreció y empezó a tronar el cielo, se le erizó la piel, de los pies hasta el cuero cabelludo. Sentía terror, pero sin sentir terror (aquí el lenguaje empieza a estorbar este recuento.) Asociado a la excitación del cielo, el cuerpo se le sacudía por dentro (un trueno afuera: una erupción de miedo adentro), pero al fondo permanecía una conciencia nítida que atestiguaba.

Las paredes se agrandaban con cada relámpago y durante el trueno parecía que iban a estallar en pedazos. Un tren de ideas lo cruzó: voy a desaparecer, en el próximo relámpago el cuarto quedará vacío, me alegro de que voy a desaparecer, éste es mi último pensamiento: voy a desaparecer. Y por fin mientras el relámpago mandaba a metros de distancia las paredes amarillas vio la imagen de una alberca iluminada desde adentro y un hombre al fondo, ahogado.

Los puños se le contrajeron, la boca se le abrió, el próximo relámpago barrió las paredes completamente, pero en el trueno (él gritó despavorido) las paredes volvieron a su sitio.

El tintineo de la lluvia siguió largo y tendido, hasta el amanecer en que escampó.

❡

Un hombre desnudo y de espaldas al fondo de una alberca iluminada: durante los días siguientes la imagen le volvió a la mente.

❡

No soy hombre, no soy mujer, no soy homosexual.

No soy marxista, no soy freudiano, no soy cristiano, no soy ateo. No soy bueno, no soy malo.

Como una cantinela, como un mantra, como música, le venían las palabras de vez en cuando. Largas listas de lo que no era.

No soy niño, no soy viejo, no soy hijo, no soy hermano, no soy padre.

Listas de lo que había sido o podido ser y no era ya.

No soy hombre, no soy mujer, no soy homosexual.

Se había pasado una vida diciendo no me identifico con tal grupo, no soy parte de, no me confundo con. El robo de Felipe de su pasaporte, sus suéteres cashmir y su beca en Berkeley habían convertido ese decir no en un hecho consumado: ya no era todo eso.

No soy esto, no soy aquello, no soy lo otro. Con un rigor suicida lo negaba todo.

Soy no. Soy no. Soy no.

Tensándose pensaba soy no.

No. No. No. No. No.

La voluntad entera concentrada en ese no.

No. No. Apretando los puños.

Y luego aflojándose de pies a cabeza, esparciéndose por el piso de mosaicos tibios se dejaba acariciar por pensamientos más amables. Sólo esta soledad de ser: soy. Esta soledad de ser solo. Soy. Esta sólo soledad de ser. Ser. Esta soledad de sólo ser.

Esta absolutamente abstracta sensación: ser sin atributos. Sin.

Luego nada. Sólo nada. Esa soledad huérfana ya incluso de palabras. Durante horas breves como minutos o largas como días vacíos.

Pensó: puedo seguir así, indefinidamente, entre el excusado y el grifo, entre el queso blanco y el gruñido del hambre, entre los mosaicos del piso y el techo, instalado en nada, en esta felicidad de no ser más que nada, siendo esta luz, esta exquisita sensación abstracta, seguir puedo, hasta que mis barbas rocen mis pies. Indefinidamente.

Pensó: o puedo dejar de comer. Resistir el hambre, dejarla pasar como otro pensamiento peregrino. Debilitarme. Hundirme en esta luz, entregarme débil por el hambre como quien se deja hundir en un río, como Ofelia se ahoga en el agua: ahogarme en la luz; o como un héroe encantado volverme de piedra por no cagar: morir petrificado en los aromas a margaritas silvestres de mi mierda: morir. Morir. Dejarme pasar, como a otro pensamiento. Puedo.

Pensó: pero también puedo volver. Levantarme, abrir la puerta, salir. Entrar al mundo de los límites, de las cosas. Regresar esta cosa: este límite: este cuerpo, al mundo de los cuerpos, las cosas. Estudiar, indagar las relaciones entre las cosas. Hacer cosas con las cosas. Hacer el amor con otro cuerpo (qué maravilla hacer el amor) y hacer un hijo con rizos blancos, como mis rizos de niño, reproducirme. Reproducirme: tener cosas, muchas cosas: una casa, un hijo, una esposa, un coche, un perro, un florero siempre con una rosa roja, siete suéteres de cashmir inglés, setenta. Sí, viajar, ir a revisar las cosas de otros países. Aquí está la pirámide de Teotihuacán, aquí la mezquita de Omar, aquí la Gran Muralla china, aquí las Torres Gemelas de Nueva York, no mintieron las guías turísticas: están. Bailar, entre las cosas bailar. Chocar nadar sumergirme montar coger soñar. Hacer, poseer, podría. Puedo. Volver.

Pensó: qué manera exacta de pensar, son las tres opciones: seguir así, volver o morir. No más.

※

¿Sería posible? Alzarse de esta muerte inmensa y no sentir, como otras veces, que se encogía hasta ser una hormiga llamada Santiago en el Mundo de las Cien Mil Cosas.

Qué pérdida insoportable perder esta plenitud.

Si fuera posible, pensó, si de verdad fuera posible ser la hormiga sin dejar de ser la plenitud. Ser la hormiga y el cielo. Ser el individuo y el Ser. La gota y el mar. Si fuera posible.

Practicar.

Ponerse a practicar, pensó.

※

Se hincó. Depositó en el piso las palmas de sus manos, estiró las piernas. Se puso a hacer lagartijas despacio. Despacio para no romper su calma interna. Para no dejar que su conciencia se concentrara en su cuerpo.

※

Cada que se acordaba, hacía lagartijas. Las hacía mientras pudiera moverse sin perder la sensación de quietud sin fijación de la conciencia. Un día lo supo en medio del ejercicio: decidiría qué hacer de su vida cuando la mente decidiera por él, cuando en la mente cuajara una idea única, pero era importante seguir ejercitando el cuerpo para no decidir por debilidad física o por achaques musculares.

Una, tres, diez, treinta lagartijas. Se iba llenando de euforia con el movimiento enérgico y con esa certeza de que algo sabio, la mente, decidiría. La mente: no su mente individual: el pensamiento se le había conectado a la fuente del Ser y ya no era su pensamiento. Cincuenta lagartijas. Cincuenta y uno. Seguir. Cincuenta y tres. Volver. Cincuenta y cinco. O morir. Acataría la decisión sin dudas. Setenta. Y en tanto practicar ser la lagartija sin dejar de ser lo inmenso. Cien. Moverse sin perder el silencio. Ciento diez.

Soñó con una alberca iluminada desde adentro y un cuerpo al fondo de la alberca, ahogado. Se despertó sudorosa, Gabriela. Llovía afuera. Le temblaban las manos. Sentía miedo, otra vez. Se acordó de Adriana, que había cambiado la psicología por el mar. Eran las tres de la mañana y llamó a La Paz.

Nadie respondió.

A las seis de la mañana respondió un hombre que le explicó que el teléfono se encontraba en el comedor común del conjunto de cabañas, y que se ofreció para ir a buscar a Adriana.

—No, estoy bien, te lo juro —dijo Adriana. ¿Y tú?

—Bien. Excepto lo que te cuento, lo del ahogado.

—Claro. ¿Quién crees que era?

—Te digo: no sé. El cuerpo estaba de espaldas y desnudo. Pero, bueno, pensé en ti.

—Siempre quedó un poco de agresión entre nosotras.

—Qué buey, Adriana. Digo, después de todo te dedicas a bucear.

—Mira, no voy a morirme pronto y menos ahogada, no ahora que estoy tan bien.

—Igual puedes tomar algunas precauciones, durante los próximos días.

—Perdóname Gabriela, yo creo que la ahogada eres tú.

—Gracias.

—Es un sueño de angustia de separación y te atañe a ti. Es la inquietud por tu viaje. ¿Cuándo sales a Inglaterra?

—En dos semanas.

—Es eso, seguro.

Gabriela lo quiso creer, y lo hubiera creído si Adriana entonces no le hubiera hablado de la foto del grupo. Algo había cambiado en la foto.

—¿Qué?

—Las miradas. Las miradas de los que estamos en la foto.

–Uta, y nos decimos psicólogas. Al rato vamos a hablar de fantasmas.

–Es algo imposible de precisar, pero te juro, la foto está cambiada.

–Adriana, por favor. Es pura proyección tuya.

–Tus sueños son premoniciones pero mi percepción es alucine. Qué gata eres. Te digo: creo que es en los ojos. Cambiaron el lugar donde miraban un poquito.

–Párale —pidió Gabriela.

Pero Adriana siguió:

–Ya nadie mira directo a la cámara. Cada quien ve tantito al lado, como si estuviéramos ligeramente distraídos. Y Freud ve con menos fijeza. Sí me entiendes, ¿verdad?

–Supongamos que sí.

–Lo mismo que en lo que me cuentas de Santiago sucede en la foto.

–¿Qué quieres decir?

–Todo está movido un milímetro.

Gabriela no había recibido respuesta de Santiago o de Felipe a sus cartas; Santiago escribía a máquina a su madre y firmaba con una inicial, como Felipe solía hacerlo; Santiago había estado en la ciudad mientras se suponía que en Berkeley pasaba sus exámenes de semestre; todo explicable pero un milímetro movido más allá de lo previsible, como decía Adriana.

Pero en lugar de darle la razón, Gabriela se lanzó en uno de sus accesos de diagnóstico con los que se defendía de situaciones abrumadoras; conceptualizándolas creía anularlas. Acusó a Adriana de haberse perdido irremediablemente en la confusión, de estar viviendo en un estado de sueño donde la realidad del mundo y la de su mente andaban mezcladas.

—Quieres tranquilidad y te vas a vivir a La Paz. Quieres probar que eres inteligente y te haces buza. Extrañas a tus amigos y crees que una fotografía de ellos está viva.

Entre una acusación y otra, Adriana se despidió y cuando oyó que su amiga de toda la vida la diagnosticaba (se llama delirio paranoico, manita) le colgó el auricular. Se quedó mirando el lomo verde metálico del mar de La Paz.

Gabriela se sintió injusta y miserable. Precisamente ella debió creerle a Adriana lo de la fotografía.

Esto le había contado la doctora Paulina Glickman a Gabriela, ambas sentadas en una banca del jardín del hospital psiquiátrico de Maryland. Un día la doctora visitó el Museo del Holocausto Judío en Holanda. La doctora se asomó a las fotos del ghetto judío extrañada, porque percibía en los ojos de esas personas grises una peculiaridad. O bien un par de ojos brillaba o bien estaba opaco. ¿Cómo decir que un par de ojos fotografiados brilla o no? ¿Un punto impreso en papel puede brillar? Parece brillar es más exacto. ¿Y en qué consiste ese "parece brillar"?

La doctora, una eminencia del psicoanálisis moderno, estaba de vacaciones y no se detuvo a cuestionar su impresión, pero no pudo resistir el impulso de la curiosidad. Como al pie de cada foto constaban los nombres de los fotografiados, apuntó en una libreta quiénes tenían ojos brillantes y quiénes opacos.

En el primer piso del museo había una computadora. Uno introducía el nombre de una persona de la comunidad judía holandesa y la computadora localizaba sus datos. Con un margen de solamente siete por ciento de error, las personas de ojos opacos estaban muertas y las de ojos brillantes habían sobrevivido hasta ese día.

Lo que impresionó a Gabriela al escuchar el relato fue que la doctora admitiera una capacidad como de maga, inexplicable científicamente. Gabriela misma se apresuró a encontrar una explicación convencional a la correlación ojos opacos en fotografía-muerte, ojos brillantes en fotografía-vida.

—La depresión opaca la mirada —dijo. Y la depresión hace que la gente se entregue dócilmente a la muerte.

—Tonterías —dijo la doctora molesta. Esa gente fue asesinada sin que tuvieran la menor oportunidad de huir. Y la gente que salvó la vida estaba igualmente impotente ante los nazis; tuvieron sin duda mucha voluntad de sobrevivir pero más que nada una gran suerte. Yo hablo de que sus ojos, en la foto, se apagaron cuando ellos en otra parte murieron: en una cámara de gas por ejemplo, o después de la guerra en su cama.

Gabriela enarcó las cejas.

—Freud diría: eso es pensamiento mágico.

–¿Y qué le vamos a hacer? —dijo la doctora, cada vez más irritada. El psicoanálisis es una teoría sobre la vida, no la vida. Ahora vas a soportar tu miedo a lo inexplicable y vamos a volver a la extraña vida de las fotografías —en su rostro se rearmó la expresión traviesa de antes. Creemos que nuestra imagen, en el momento del click, se quedará impresa en el material fotográfico para siempre igual. Y resulta que tal vez no es tan cierto. Resulta que, quizá, las imágenes fotografiadas llevan una vida paralela a nosotros; una vida de tan sutil casi secreta.

Gabriela meditó de nuevo aquello del milímetro de desplazamiento y su conexión con el sueño de la persona ahogada. Regresó a la casa de la abuela y quiso convencer al guardia de que la dejara entrar, sólo para asomarse a la alberca. El guardia se negó rotundamente. Cuando ya estaba en el auto, recién avanzando, vio en el espejo retrovisor algo que le tocó el corazón: tras un ventanal del segundo piso, colgada en un cuarto vacío, la foto enmarcada de Freud empequeñeciéndose.

Pensó en el cuarto vacío de Felipe, su cuartito de azotea, una asociación de ideas natural. Pero pensó que no iría ahora hasta otra colonia, en el lado opuesto de la ciudad, a perseguir otra corazonada. Dio vuelta en la esquina y se integró al tráfico de la avenida.

Bajó del automóvil para llamar al timbre del cuarto de azotea.

Nadie respondió. Volvió a timbrar.

Timbró una tercera ocasión.

Le timbró a la portera.

La mujer entornó la pesada puerta. Una mujer pequeña y gorda, con un delantal percudido y la cara abrumada de tristeza.

No sabía nada de nada, por principio (por principio vital, pensó Gabriela). Pero luego de insistirle, sabía que uno de los jóvenes se había ido y el otro se había quedado enfermo en el cuarto. Meses. Y un buen día tampoco estaba ya.

Luego la portera achicó los ojos. Le pareció que algo pertinente se le olvidaba. Tampoco sabía qué. Dejó subir a Gabriela a la azotea.

El cuartito amarillo canario. El grifo en una esquina. El excusado en otra. Sin ventanas. La puerta metálica, pintada por dentro también de amarillo.

La portera alcanzó a Gabriela en el cuartito. La encontró recargada en un rincón, fumando. Le entregó unas cartas viejas reunidas con una liga rosa. Los sobres ya no eran perfectamente blancos.

—Esto es de lo que me quería acordar hace un rato. Me las dejó la chamaquita que le traía al joven de comer. De eso ya tiene tiempo.

Gabriela tomó las cartas. Salió a la azotea y se sentó sobre la caja de cemento de un tragaluz. Tenían timbres estadunidenses. Ninguna había sido abierta antes. Iban dirigidas a Felipe, sin remitente. Les quitó la liga y las ordenó según las fechas de los matasellos. Y luego quiso huir, escapar de esas cartas que presentía terribles. Nada volvería a ser igual después de abrir esas cartas y durante un rato contempló su propia angustia separándose en el miedo de abrirlas y el miedo de dejarlas sin abrir, dejarlas abandonadas en aquella azotea.

Desde la primera carta empezó a sollozar.

Eran once cartas escritas a máquina y firmadas con tinta: F. Las primeras dejaban entender la traición de Felipe y daban noticias de sus arreglos en Berkeley. La casa de techo de dos aguas en las afueras del campus, en un bosque. El ingreso a clases. La llegada del cheque mensual del instituto de promoción para intercambio universitario. La decisión de Felipe de ser un alumno admirable. Su trabajo como pianista en un bar y su consecuente popularidad. Un novio. Dos novios. La escapada a Fire Island, lugar de asueto de gente homosexual, y las visitas ahí al Bosque Encantado, donde los varones entraban por las veredas entre los árboles como a un laberinto de deseo: al toparse con alguien se detenían o seguían de largo, según desearan, y si se detenían y el extraño también, lo que seguía era sexo sin intercambio verbal, sin pasado ni futuro. El rompimiento con los novios y su voto de castidad: no debía distraerse de su meta: ser un alumno impecable. Su flamante amor por las bibliotecas. Su inesperado interés por las revistas científicas. La imprevista repugnancia por el desperdicio del tiempo.

A partir de la quinta carta se iniciaba el relato del desastre. Felipe confesaba su despiste en cada uno de los cursos, su esfuerzo por hacerse de apuntes ajenos, la sensación creciente de angustia, las formas ilícitas en que conseguía sus valemadrines (un amigo en la farmacia del campus), la compra de cocaína a un chino, los maravillosos estados procurados por el polvo blanco: lucidez instantánea, inteligencia acelerada e infalible, los resultados del primer semestre (ninguna materia aprobada), su decisión de no volver a fallar ("... si te quité la beca, ten la seguridad que no fue por nada; primero muerto que fallarte, que fallarnos...", "... gracias a Dios por el polvo..., no necesito dormir más que dos horas y sigo dándole a los libros..."), las pláticas con el chino de la coca que ahora le ofrecía un diploma de doctorado falso por quince mil dólares.

La penúltima carta estaba escrita por un tal Michael Sepchovitz, psiquiatra de Berkeley, en relación con el estado de salud mental alterado de Santiago Diezbarroso. No indicaba las causas de tal diagnóstico, no contenía descripción de síntoma alguno, no pedía expresamente permiso para medicar al estudiante en cuestión ni se apuntaba en qué consistía el tratamiento que el médico le administraba; era únicamente un aviso de que el joven y él habían establecido una relación y estaba redactado en términos tan generales y vagos que seguramente era un machote, una comunicación obligada por algún reglamento universitario.

La última carta era del comisario del condado. Reportaba la muerte de Santiago Diezbarroso y pedía a los familiares noticias de sus intenciones respecto a la recuperación del cadáver.

La fecha de la última carta era de hacía quince días. Al pie se notificaba el envío de la carta a dos direcciones, la del cuartito amarillo y la de la casa de los padres del occiso.

🔊

Al día siguiente iba a presentar una ponencia en clase de Diagnóstico I. Tomó un desyrel y una línea de coca. Se sintió el ser más brillante del mundo, y con ese ánimo abrió el libro de psicopatología de Cameron, y entendió nada, absolutamente nada. Se inhaló otra línea.

Abrió el libro y empezó a captar, le dio sed, en la cocina se bebió una cerveza y luego un trago de whisky, directo de la botella, y de golpe supo que con su pura elocuencia se ganaría al profesor y a la clase. Carajo, pero debía ser en inglés. Otra línea de coca.

Salió a dar un paseo. Llevaba el suéter de cashmir cereza sin camisa y unos pantalones caqui holgados. Era el verano en California, el aire cálido y húmedo era casi un vapor. Caminando de prisa por el césped, para gastar el exceso de energía de la coca, se acordó que Santiago era él y Felipe era el maldito intruso, la memoria negra que le impedía estudiar, pasar de semestre, ser suavemente encantador e inteligente, suavemente Santiago.

La bronca, la única bronca, era que debía creérselo, que era ya Santiago, debía interrumpir la duda, era Santiago el niño nacido en la casa grande de los Diezbarroso, el muchacho guapo y prematuramente sabio, el del alma gentil y las aspiraciones sublimes.

Que se muera Felipe el Malo y viva sólo Santiago el Erótico.

Entre unos setos vislumbró una casa, recortada contra la noche clara, se dirigió allí de prisa con una sonrisa que mostraba sus dientes, una sonrisa de Santiago.

Era una casita de dos aguas, oscura a no ser por una ventana iluminada y un resplandor en el pasto aledaño. Una alberca. Una alberca iluminada desde adentro, con una torre de trampolín de cinco metros de alto.

Quería cruzar la zona empedrada alrededor de la alberca y salir a la calle para caminar hacia el campus, quería comprarse un chocolate en una de las máquinas que se encontraban en los vestíbulos de los edificios universitarios.

Pero antes de llegar a la alberca se vio, a Felipe, reflejado en una ventana oscura y larga de la casa. Como en un espejo negro de cuerpo entero se vio en la ventana. Se le zafó el golpe, la rabia, la ventana se despedazó hacia adentro y su puño sangraba.

Se acercó a la otra ventana, golpeó el reflejo de cuerpo entero de Felipe.

Saltando con las piernas flexionadas y los puños en guardia, como un boxeador, se movió a la siguiente ventana, al siguiente reflejo, lo quebró de un golpe, de otro lo destrozó, estaba en una lucha sistemática contra las ventanas, los reflejos.

En el dormitorio, la mujer había escuchado el ruido de cristales, había bajado de la cama, se ponía la bata cuando sonó la segunda ventana haciéndose añicos, había un solo teléfono en la casa, un teléfono inalámbrico, y no estaba en el dormitorio, se pasó la mano por el cabello rubio y notó que se encontraba húmedo de sudor, corrió a la estancia, la tercera ventana a su espalda quebrándose, giró en redondo y alcanzó a ver una sombra que se escapaba a la derecha, no quiso prender la luz eléctrica para no delatar su presencia, vio claramente al tipo golpeando la cuarta ventana con un golpe de kung fu: lanzando la mano abierta para traspasar el cristal.

Medio minuto después lo vio lanzar una patada contra otra ventana, y oyó su risita mezclada con el ruido del cristal al desplomarse.

De pronto el silencio.

Buscó a tientas en los sofás el teléfono.

De un momento a otro el tipo entraría a la casa.

Se puso a gatas para palpar el tapete.

En la cocineta. Allí había hablado esa noche por teléfono mientras en el horno eléctrico se cocinaba el cuarto de pollo.

Sobre el mostrador de la cocineta estaba en efecto el teléfono. Apretó la tecla para recibir tono. Entonces lo vio. A lo lejos el joven se desvestía lentamente junto a la alberca. El agua se movía despacio, de manera que la luz tenue que brotaba a través del agua oscilaba, y el cuerpo del muchacho parecía ondular contra el cielo de la noche.

Marcó tres cifras, mientras el joven desnudo permanecía ondulando al pie de la alberca.

Hay un intruso en mi jardín, dijo muy suavemente a la bocina. Rompió todas las ventanas de la casa.

Murmuró su dirección. Apagó el teléfono. Escuchaba su propia respiración entrecortada mientras el tipo trepaba desnudo por la escalerilla de la torre y después caminaba por el trampolín poniendo un pie frente a otro, un pie frente a otro. Le pareció que el tipo avanzaba así con una erección. Era difícil estar segura, la luz movediza que salía de la piscina pintaba ondas amarillas, movedizas, en ese cuerpo.

Se quedó en el borde del trampolín mirando hacia abajo.

Hacia su imagen en el agua.

Su pene erecto y más abajo él mismo reflejado en el agua.

Sintió el miedo como un placer intenso: le hacía temblar delicadamente los huesos y el silencio le zumbaba en los oídos, a punto de hacerse una música estridente.

Se rio, con esa risita aguda con que se burlaba. Abrio los brazos. Se dejó caer.

Cayó de pecho, sobre su imagen.

Y en el fondo del agua metió los dedos de las manos en los huecos de la coladera. Algo en él quería soltarse, dejarse subir al aire, se aferró al fondo.

La mujer se mordió los nudillos de la diestra, el exceso de tensión y el aire caliente la tenían ensopada de sudor.

Después nada.

El cuerpo no resurgió a la superficie del agua.

Nada.

El cuerpo estaba tendido de cara al piso de la alberca, el cabello era lo único que se movía. La boca muy abierta, como en una carcajada, dejando entrar el agua, dejando al agua invadir el cuerpo.

Gabriela tocó en la puerta de la portera, al fondo del pasillo de la planta baja. La señora le abrió.

–La niña que les llevaba de comer... —empezó Gabriela, titubeando. ¿Cómo se llama?

–Janet.

–¿En qué departamento trabaja?

–En el 13. Pero trabajaba. Ya no.

–¿De planta?

–Creo que sí. Es más: sí, de planta.

–¿Y dónde puedo encontrarla?

–No sé. Le digo que se fue.

–No es posible que no sepa. ¿Quién era su amigo en el edificio?

–Pregúntele a la sirvienta del 15.

Teresa, en el quicio del departamento 15, una mujer de trenzas canosas, avispada:

–La Janet era una escuincla. Tendría 14 años. Decía que se iba a casar con el Santiago este. Pero eran invenciones de una niña, imagínese. El joven ni enterado estaba de que la niña cantaba las canciones románticas pensando en él. Y luego que se enfermó y se quedaba en su cuarto, ella le llevaba comida.

–¿Se enfermó de qué?

–Janet decía que de tristeza. Le digo que era una niña fantaseosa.

–¿Y qué pasó con él después? ¿Se fue o lo sacaron?

Teresa se quedó pensativa.

–¿Quién lo iba a sacar? La renta del año ya la habían pagado. O creo.

–Entonces no sabe.

–No. Pero mire, nadie lo sacó. Si hubiera venido gente a cometer esa violencia, se hubiera sabido.

–¿Dónde puedo encontrar a Janet?

Teresa se rascó la oreja.

–No dejó dirección. Pero era de Oaxaca.

–¿De la ciudad de Oaxaca?

–Ay señorita, tan amigas no éramos. Se llevaba más con la sirvienta del 12. Pero no la busque, porque también ella se fue.

Gabriela debió haberse demudado notoriamente, porque la mujer le dijo con mucho cariño:

–Señorita, la gente se va.

Y después de un silencio:

–La gente hace su petaca, y se va.

La señora del departamento 13 la invitó a pasar a su veranda, se sentaron a una mesita redonda de mármol blanco, a un lado de un ventanal curvo por el que se miraba el parque. A la señora le dio pena Gabriela, su expresión de desamparo y sus ojos húmedos. Sirvió dos cafés y galletas de coco y la estuvo escuchando muy atenta, insertando en el monólogo expresiones de condolencia y preguntas que la animaban a continuar su relato, que fue prolongándose hacia atrás (empezó con la búsqueda del amigo y después se remontaba ya por los primeros años en que convivieron en la universidad privada).

Entraba por el ventanal una luz ámbar y tibia que tranquilizó a Gabriela y cuarenta y cinco minutos más tarde se hallaba confesando su deseo secreto de casarse con Santiago; un deseo tan secreto que apenas en ese preciso instante de enunciarlo ella misma descubría, pero que debió existir desde que por primera vez lo miró subiendo los peldaños de un aula, delgado y rubio, tan lleno de sí mismo, y ella escribió en su cuaderno "Los privilegios de la belleza", concediéndole a él de antemano el derecho de colocarla en la periferia de sus afectos. Gabriela guardó silencio al llegar a esa dura conclusión. Entonces se acordó de la señora del departamento 13, esa desconocida.

Estoy desvariando, se disculpó con ella (aunque estaba cierta de que al decirlo mentía), se enredaba en especulaciones. Lo siento mucho, dijo. Estaba ebria de pena, eso era.

La mujer se alzó para prender una lámpara de pie. Gabriela no había tocado el café o las galletas. Tomó la servilleta de papel para sonarse la nariz y siguió su disculpa. Resultaba que recién en el hospital de Maryland se había acostumbrado a sesiones diarias de relatar su vida. Tomaba asiento frente a la terapeuta y se dedicaba a la construcción de un relato coherente de su pasado. Como una Penélope urdía con las imágenes de su memoria y las fibras de su emoción el tapiz de su historia personal, eso cada tarde de las cinco a las cinco cincuenta, bajo la vigilancia serena y por lo general muda de la terapeuta.

Lo dijo y consultó su reloj de pulsera y asintió. Eran diez para las seis.

—Debo cuidarme de situaciones como está —dijo; dos sillas, la que está frente a mí ocupada por otra persona, de quien no sé nada, a la que le cuento todo. Sobre todo debo cuidarme por la tarde. De nuevo perdón.

La señora del 13 le ofreció un cigarro y le dijo que tenía la tarde libre, había pensado ver una película por televisión, así que se despreocupara.

—Adelante —dijo, y se reacomodó en la silla dispuesta a escuchar más.

Pero Gabriela volvió a consultar su reloj de pulsera. Eran las cinco para las seis. Cerró las compuertas de su sentimiento y retornó al primer motivo de su plática con aquella mujer. No, por desgracia la señora no sabía nada útil, ni siquiera estaba enterada del cuartito amarillo en la azotea y los muchachos que lo habitaron. En cuanto a Janet, su sirvienta durante un año, sabía lo que la chamaca le había dicho, que se iba a vivir con una tía a Oaxaca y que, ah sí, que estudiaría para cultora de belleza.

–Quién sabe qué pasa en Oaxaca —dijo— pero todas las jovencitas humildes de Oaxaca quieren estudiar para cultoras de belleza.

–¿Y dónde precisamente vive esa tía? ¿Le dejó una dirección?

–No.

–Pero es en la ciudad de Oaxaca.

La señora encogió los hombros.

–Ni idea —dijo. Así son de libres—dijo luego de repensarlo, se refería a las sirvientas. Guardan sus dos o tres vestiditos, su crema nivea, su estampa de la virgen...

–Y se van —terminó la frase Gabriela.

El cuarto amarillo iluminado por el foco pelón del techo. El excusado, el grifo, la puerta. Gabriela revisó palmo a palmo las paredes, los mosaicos pintados del piso, el techo de pintura descarapelada. Tal vez había una seña especial. Algo escrito con letra diminuta. Algo dibujado en la esquina de un mosaico. O algo dejado atrás involuntariamente. Un trozo de jabón en el lavabo. Un trozo de navaja. Un fragmento de cualquier cosa. No había.

Adriana y Gabriela, vestidas de negro, se encontraron en la avenida. Era un mediodía nublado, un sol anémico brillaba entre nubes. Se abrazaron y se besaron las mejillas.

Caminaron por la calle perpendicular a la avenida, Gabriela poniéndola al tanto de cuanto sabía. Dos cuadras adelante se encontraba el velatorio. En el salón número 1, la familia Diezbarroso velaba el cadáver de su hijo Santiago.

Se abrieron paso entre la gente enlutada para llegar hasta doña Elvira, de pie cerca del ataúd. Doña Elvira las saludó afectuosamente y las llevó a presentar con el padre de Santiago, un señor calvo y regordete, y con sus dos hermanas, mayores que él.

Preguntaron por la abuela.

—Sigue en el Vaticano —dijo doña Elvira; agachó la cabeza. Está mezclada con unos curas raros... rebeldes, unos... —a doña Elvira se le cortaba la voz, agobiada por la pena. Ay no sé, nunca he podido con mi madre...

Adriana:

—¿Y no va a venir al sepelio?

—No. Que los entierros la deprimen, eso me dijo.

Doña Elvira se recogió con un pañuelo dos lagrimones.

Estaban otra vez junto al ataúd, y sin tener ya de qué hablar, con qué distraerse de la caja negra de la muerte.

Demasiada tentación: Gabriela y Adriana se asomaron al ataúd.

Como asomarse al horror.

Gabriela alargó la mano para tocar el rostro del cadáver con la punta de dos dedos.

Adriana la tomó por el codo y la separó del ataúd. Tomaron asiento en un rincón.

—El espanto —murmuró Gabriela, dos dedos sobre el corazón y la mirada en los zapatos.

Adriana:

—Así es.

Al rato Adriana le pidió a Gabriela que salieran de ese salón de aire pesado. En el vestíbulo volvieron a sentarse.

—¿Y cuándo les vas a decir que no es Santiago? —preguntó de pronto Adriana, muy quedo.

—¿Yo? ¿Cuándo les vas a decir tú?

Resoplaron al mismo tiempo.

Gabriela, murmurando al oído de su amiga:

—¿Pero cómo es que no se dan cuenta?

Adriana:

—La mamá no lo vistió, eso es seguro. Y bueno, si nosotras no supiéramos que Felipe fue el que estaba en Berkeley, tal vez nosotras tampoco nos hubiéramos fijado tanto en el cadáver. Tal vez lo hubiéramos visto y de inmediato hubiéramos retirado los ojos, al ver cómo está deforme. Eso hicieron ellos, se aterraron y no lo vieron.

Gabriela se mordió la uña del índice. De pronto dijo con seguridad:

—Ninguna les va a decir. Si Santiago no se comunica con ellos para decírselos, es que para ellos se da por muerto.

—Tal vez ni sabe de este entierro.

–Salieron esquelas en todos los periódicos —dijo Gabriela; y luego de reflexionarlo: –¿Sabes lo que presiento? Que Santiago no tarda en llegar.

Se volvieron a verse la una a la otra.

–No —: Adriana asustada. ¿De veras crees que vendrá?

–Yo lo haría. ¿Cómo puedes dejar pasar la oportunidad de ver tu entierro, digo: si tienes la oportunidad?

El doctor Madeira, un paraguas colgando del antebrazo, se movió entre los dolientes para llegar al ataúd. El rostro del cadáver era una desgracia. Apenas rostro. La cabeza una bola de carne hinchada con el pelo rasurado al ras. Se acodó en el ataúd para discernir en esa atrocidad los rasgos, la nariz, los pómulos, la frente. Como para rescatar de lo monstruoso lo humano. Las mejillas infladas como de sapo; los labios blancos desprendidos; la testa rapada; los párpados ennegrecidos sumidos: los globos oculares se habían vaciado.

Madeira inspeccionó con la mirada el cadáver todavía otro rato.

Fue a sentarse en un sofá negro junto a Gabriela y Adriana.

–Hola —murmuró.

Ellas:

–Hola, hola.

–Oigan muchachas, no estoy del todo seguro, pero...

–No lo diga —pidió Gabriela.

–Me parece que ese cuerpo no es.

–Shh —soplaron ambas interrumpiéndolo, los índices en los labios.

Con la punta del paraguas Madeira señaló el cielo nublado en una ventana.

–Va a llover —dijo.

La caravana de automóviles, con los limpiaparabrisas encendidos, se distribuyó por el estacionamiento del cementerio de lujo. Hacía viento, un viento lerdo y constante que remecía las copas de los árboles del boscoso cementerio, y lloviznaba. Hubiera sido una ceremonia perfectamente solemne si no hubieran aparecido el viento y la lluvia.

Cerca de cien personas enlutadas, con paraguas negros, descendieron paso a paso por la vereda de piedras que bajaba serpenteando el boscoso cementerio, luchando en contra del viento, jalando hacia sí los paraguas, que el viento parecía querer arrancarles. Suntuosas criptas aparecían en la distancia, allá y allá, entre los agitados fresnos, los copudos ficus, los pinos azules sacudidos.

Unas manos gigantescas, blancas, salían de una loma de pasto: dos manos de mármol reunidas en actitud de rezo. Parado junto a las manos colosales el arzobispo y su secretario, que cubría a su eminencia con un paraguas, esperaban el cortejo para unirse a él. Doña Elvira dobló una rodilla y besó el anillo del sacerdote. Y atrás, en el cortejo que se detenía de improviso hubieron choques y una señora se resbaló.

Ana se unió al final del cortejo. Recatada, de negro, con lentes negros, pero en la cabeza una mascada de seda color pistache. Era el primer funeral al que la invitaban y por eso nunca se le había ocurrido comprar una mascada negra.

Los sepultureros bajaron a la fosa el ataúd cromado. Colocaban las lajas de cemento para cubrirlo, cuando por fin Adriana y Gabriela se soltaron a llorar por Felipe. Recién habían caído en la cuenta que a pesar de que su última transa era siniestra, a pesar de que se cumplía con éxito, a pesar de los pesares, era su transa definitiva.

Pobre ladrón, pobre usurpador: ni siquiera su entierro era su entierro.

Adriana se rio por lo bajo y sacudió la cabeza. Era inevitable reirse, el maldito Felipe siempre había tenido el don de mostrar el artificio de cualquier ceremonia. Como corona a su vida este entierro que no podía tomarse en serio. Falso entierro y falsas lágrimas, los presentes se engañaban al llorar a un muerto equivocado.

La lluvia arreció, sesgada hacia el este. El viento hacía bambolear los paraguas en torno a la tumba. La madre de Santiago deshecha en llanto gritó:

—¡Enterrar a un hijo...!

El padre de Santiago, sobrio, fue el primero en inclinarse a tomar del borde de la fosa un puño de tierra para lanzarlo encima de las lajas. Al inclinarse, el viento lo aventó en la fosa, cayó de pie por fortuna, trepó fuera lo más dignamente posible, luego de pisar públicamente el cadáver de su hijo.

Gabriela giró el rostro para ver el cielo: el campo de césped brillante como un barniz verde y el cielo impecable del que bajaba la lluvia lúcida; y entonces, a través de las lágrimas, a través de las gotas de lluvia que punteaban de brillos la distancia, notó en lo lejos un ficus entre el cielo y el campo, y en su copa una cosa blanca, o una persona vestida de blanco, que se movía entre las ramas.

Salió corriendo del redondel de dolientes. Corrió por la veredita de piedra cuesta abajo, equilibrándose apenas porque usaba tacones, porque el viento iba en su contra. Se zafó los zapatos y siguió corriendo por el pasto lodoso.

Ana podía verla. Adriana la seguía también con la mirada. Nadie más.

Aminoró la carrera. Eran una docena de palomas que se resguardaban del viento y la lluvia en la copa del árbol y al sentirla acercarse corriendo ya sin urgencia, ya nada más por llegar, saltaron al vuelo, escaparon del ficus.

En el mediodía surcado de viento y lluvia, alas en desbandada.

Amante de lo ajeno,
escrito por Sabina Berman,
explica que la memoria
no nos pertenece, que las palabras
no cuentan, invocan y que, en definitiva,
imaginación y memoria son lo mismo.
La edición de esta obra fue compuesta
en fuente palatino y formada en 12:14.
Fue impresa en este mes de octubre de 1997
en los talleres de Impresora Publimex, S.A. de C.V.,
que se localizan en calzada de San Lorenzo 279,
colonia Estrella Iztapalapa, en la ciudad de México, D.F.
La encuadernación de los ejemplares se hizo
en los talleres de Dinámica de Acabado Editorial, S.A. de C.V.,
que se localizan en la calle de Centeno 4-B,
colonia Granjas Esmeralda, en la ciudad de México, D.F.